高円寺へ

後藤みな子

一

その日、夫の隼《しゅん》は、勤務先の新聞社から珍しく早く帰ってきた。

隼の大分支局時代の先輩、正木さんからカボスが届いたので、朝子は鍋の用意をしていた。隼が早く帰ると思って、食材を揃えたわけではなかった。

隼は九州から東京本社の社会部に異動してきてからは、仕事に追いまくられて、家に帰ってくるのは、いつも深夜か明け方だった。そして、家で目覚めている短い時間も、新聞を手から離したことがなかった。隼の新聞社の新聞だったり、他社の新聞だったりした。家で食事をすることはほとんどなかった。

朝子は一人で、よく鍋をした。隼が帰らないと分かっていても、一人では食べきれない量の豆腐やしらたき、葱や白菜を大皿に盛りつけ、土鍋を用意した。家族で食卓を囲む、その雰囲気を自分一人で演じた。

朝子が一人で食べる量は少ない。結局、大皿に盛りつけた鍋の材料はほんの少し減っただけで、いつもほとんど残ってしまう。毎回分かっていても、朝子は性分のように四、五人分の材料を用意してしまう。

残ってしまった豆腐や白い葱などを前にして、自分が、一人では食べることが出来ないほどの材料を用意したことを朝子はその度に後悔した。そして、疑似家族を演じた残滓を捨て去ってしまうように、自分の記憶からも消し去ってしまうように、大皿の食材を、ごみ箱へそのままどさっと捨ててしまう。いつも同じことの繰り返しだった。

風呂に入ってパジャマに着替えた隼は、髪をタオルで拭きながら、食卓に着いた。二人が食卓に座って向き合うのは、久しぶりのことだった。

洗ったばかりの隼の髪は白髪が目立つ。隼の白髪がこんなに増えたことに、今まで朝子は全く気がつかなかった。隼の白髪は細い刃のように切り立って、朝子の視野の端を掠める。ふとこの白髪を見ながら、〈もう遅いかも知れない〉と朝子は思った。何が遅いのか、具体的には分からなかったが、大切なものに気付かないで、通り過ぎてしまったのではないかと、胸が微かに軋んだ。有り余るほどの時間があったのに、気がつかないことが、きっと多すぎたに違いない。

「パジャマのズボンが揃ってないよ。仕方ないから、別のを穿いた。これ、気に入ってるんだ」

隼は青い縞のパジャマの上着をひらひらさせた。機嫌が悪い感じでもない。確かに別のパジャマのズボンを穿いている。よく見るとパジャマの上着の中ほどのボタンが取れたままになっている。そのボタンがいつからないのか、朝子は気付かなかった。よく見ることもなく、隼の着るものは洗濯機の中へ入れ、干して、取り入れると、隼の部屋によくたたみもせず置いた。

「このままでいいよ」

朝子がパジャマのズボンを取りに行くと思ったのか、隼は面倒くさそうに手を振った。その時、朝子は立って探しに行く気はなかった。隼に取り残されているという疎外感に、いつからか朝子は付き纏われ続けていたが、そんな気持もあるいはそのせいかも知れない。

朝子はボタンの取れた隼のパジャマは見ないようにした。白髪だけは、見ようとしなくても、鋭い光のように朝子の眼に突き刺さってくる。

鍋に豆腐を入れて、浮き上がってふんわりとなった大きな四角の一切れを、隼は朝子の皿に先に掬って入れてくれた。湯豆腐用の小さな網杓子は、結婚して上京する途中、京都へ寄って二人で買ったものだった。

朝子が深い皿の中の豆腐を、ゆっくりと箸で摘もうとした時、隼が何か言いかける気配を感じて、朝子は身構えた。が、隼は思い直したようにビールの缶を開けて、そのまま飲み始めた。冷えたビールの缶は出したが、グラスはテーブルに見当たらない。

隼は、何か言いたいのに違いない。その為に早く帰ってきたのに違いない。隼は喉を鳴らして、ビールを美味しそうに飲んだが決して寛いではいなかった。

隼のいない夜、朝子が一人で演じたままごとのような偽の家族団欒の食卓よりも、二人で鍋を囲む今の方が、疑似家族を演じているように思えた。

大皿の縁に沿って並べた四ツ割のカボスの香りが辺りに強く漂ってくる。

まだ夏なのに、秋が来るのだ。いや、もう既に秋なのだ。大分から、青いカボスが届く度に、朝子はそう思った。まだ夏だと思い込んでいる。この時、既に夏は、目に見えないところで衰退しているのだ。

「カボス、今日届いたの……、正木さんから、お手紙も……」

朝子は何か言いたそうな隼の言葉を遮るように言った。隼が何か言葉を出したわけではない。テーブルの端に青いカボスを丸のまま、五、六個置いている。その一個を隼は手に取って、じっと見詰めた。隼の掌の中で青いカボスは、今、木からもぎ取られたばかりに新鮮に輝いてみえた。

「きれいな実だなー」

「正木さんからのお手紙もそこに……」

「うん、正木さん、元気かな……」

朝子の言葉の後に、一瞬、間を置いて詰まったような声で隼は言った。

「最初の赴任地だった。大分支局は……、正木さんには世話になった」

カボスが届くたびに、隼は同じことを言う。

新聞社の大分支局の支局長だった正木さんは、十年ほど前から国東《くにさき》の海辺の町で、夫人と二人で暮らしている。

夏の終わり、毎年、粒の揃った青いカボスを送ってくれる。

カボスの横の、正木さんからの封書を隼は手にとって読み始めた。一枚の手紙を、隼は長い時間をかけて読んだ。

「正木さん、もう八十歳を過ぎていらっしゃる？　一度お会いしたかった」

お会いしたかった、と過去形で言った自分の言葉に朝子は、はっとした。多分、隼と二人で会いに行くことは、もうないに違いない。

「正木さんの住んでる所の、海を隔てた向かい側に、姫島があるんだ」

「姫島？」

初めて聞く島の名前だった。

隼は姫島の名前を言ったが、正木さんの所も姫島も、いつか一緒に訪ねようとは言わなかった。

朝子が行ったことがない地名が二人の間で話題になると、今まで隼は〈今度、二人で行こう〉と必ず言っていた。ほとんど実現したことはなかったが、いつか本当に訪ねてみたいと、朝子はその度に思ったものだ。

いつの頃からか、隼は、朝子が行ったことがない地名が出ても、〈そのうち、二人で行こう〉

とは言わなくなっていた。そのことに、朝子は初めて気付いた。それが、いつの頃からだったかは思い出せない。

隼は読み終わった正木さんの手紙を丁寧に封筒に仕舞うと、住所と名前が書かれた、封筒の裏を長いこと見詰めていた。

「正木さん、家の前の海で、好きな魚釣りでもしているんだろうな」

隼は一瞬、潤んだ目をした。今の隼には田舎の海で魚釣りをする生活など想像も出来ないに違いない。羨ましいはずはない。潤んだ目をした隼が、朝子には意外だった。

そして、隼は隣の部屋にかけているスーツの上着のポケットに、正木さんの手紙をわざわざ入れに立って行った。

正木さんの手紙には、何か特別なことが書かれているわけではない。封はされてなかったので、先に朝子はその手紙を読んでいる。いつもの暮らしの報告と隼の仕事への激励の言葉だった。正木さんは、支局と通信局勤務で、新聞記者生活を終えた。自分の部下だった隼が東京本社の社会部で活躍することは、自分の誇りだと、正木さんは手紙の度に書いてきた。本社で幹部になっている若い時の元部下に、何度も手紙を出して隼のことを頼んでもくれた。

「姫島、って、どんな島?　何か特別な島?……」

朝子はもう一度聞いた。

「……姫島の盆踊りを見たときは吃驚《びっくり》した。こんな盆踊りがあるのかと!　少年たちが、白い狐の扮装をして踊るんだ。今でも、あの盆踊りを本当に自分が見たんだろうかと、夢で見たのではないかと、そう思うほど幻想的な盆踊りだった」

隼は、東京生まれの東京育ちだった。

「少年たちが白い狐に扮装して、両手の指で狐の恰好をして、コン、と飛びながら踊るんだ」

隼は、三本の指を立てて、両手で狐の形を作った。そして、頭の上へ両方の狐の手を翳《かざ》した。

「あっ、狐だ！」

右手の狐は高く、左手の狐は少し低く斜め下へ……。

「コン！」

遠くの森の中から聞こえてくるような鳴き声だ。野生の狐の鳴き声のようだ。

「コン！」隼は口をきっと結んで、硝子戸の方へ身体を向けた。そして、まるで、狐が乗り移りでもしたかのように「コン！」と外の闇へ向かって短く、二度鳴いた。大きな声ではなかったが、鋭く響く。

いつも聞く隼の声ではない。少年のように透き通った高い声だ。隼の「コン」と鳴く声は、余韻が細く残って硝子戸の向こうの闇の中へかき消されていった。

「コン！　と鳴きながら、飛んで、踊るんだ……」

隼は軽く床を踏んだ。

「軽やかに飛ぶんだ！　コン、と鳴いて」

少年たちが白い狐の扮装をして踊る、姫島の盆踊りの話を、朝子は初めて隼から聞いた。大分支局の頃の話は度々話してくれたが、姫島のことも、狐の盆踊りの話も隼はしたことがない。朝子の知らないところで、誰かに話していたのだろうか。それとも、朝子が大皿に沢山の野菜を盛りつけて、家族の団欒の真似を一人でするように、隼も、誰も居ないところで、白い狐の少年の盆踊りを、一人遊びですることがあったのだろうか。

外は、いつの間にか闇が濃くなっている。その闇の果てから、隼の鳴く「コン」という声がこちらに向かって還ってくる気がした。

隼は硝子戸の向こうの闇を透かすように見ている。姫島の島影も白い少年の狐も見えないはずだ。朝子の住む団地と民家の間に広がっている田んぼの畦道に、もうすぐ彼岸花が咲き始める。

青いカボスが届く。赤い彼岸花が田んぼの畦道を埋め尽くす。そして冬がくる。変わりないことだった。

隼は狐の指を下におろして、朝子の方に向き直った。そして、何かを言いかけた。何を言っているのか、言葉にならない、空気の漏れるような声が、隼の口元から漏れた。

いつの間にか鍋のコンロの火は消えている。

再び、隼が口を開きかけた時、朝子は隼が何を言いたいのかが分かった。

「あの……、このままでは……」

隼は一息置いて、身を乗り出して続けてきっぱりと言った。

「このまま、この生活を続けていっても、仕方ないと思う。君にとっても……」

闇の向こうに、民家の灯がぽつぽつ煙るように瞬いている。

「……分かりました」

「僕より、君の方が、強くそう思ってたのではないかと思う」

「……もう。言わないでください。お世話になりました」

朝子は一息に言った。もう一度〈お世話になりました〉と言って朝子は頭を下げた。もう終わりなのだ。隼には、本当に世話になった。朝子は、心からそう思った。感謝した時が終わりなのか。終わりはこんな形で来るのか。

鍋を二人で囲んだ夕食は、やはり二人が最後に演じた疑似家族の儀式だったのだ。

何人分もの沢山の鍋の材料を、皿に並べて、一人で夕食を食べていたのは、崩壊する家族を心の何処かで繋ぎ止めようとする、朝子の深層心理だったのか。子供と夫と一緒に鍋を囲む風景が、いつも朝子の心に住みついていた。隼と結婚して五年、朝子には子供がいない。

この団地に越してきた冬、朝子は妊娠したと気がつくと同時に、流産した。その時は、さほどの喪失感はなかったが、それきり、朝子は身籠ることがなかった。〈あの子が生まれていたら……、もう歩く頃か〉と、隼と寝室を別にする頃から考えることが多くなった。

団地の向こうに古い民家や商店が並ぶ町がある。

ある冬の夕方、部屋で身体の異変に気付いた朝子は、ゆっくりと田んぼの畦道を歩いて、その古い町の中ほどにある産婦人科の医院へ行った。中年の医師は流産を止めることは出来ないと、朝子に言い聞かせるように言うと、その場で、すぐ処置をしてくれた。

麻酔が覚めた時、朝子はベッドに寝ていた。足元がふわりと温かい。少し足を広げた間に、湯たんぽが置かれていた。思いがけないことだった。厚いネルの生地に包まれている湯たんぽは、足先から腰のあたりを優しく温めてくれる。

間もなく、ドアをそっと開けて、老婦人が入ってきて、朝子の側に立った。医師の母親くらいの年齢だろうか。

「湯たんぽを……」

ありがとうございます、と朝子は小さな声で言った。朝子は長いこと、湯たんぽのほんのりした、この温かさを忘れていた。

「また、すぐ出来ますよ。若いから……」

老婦人はそっと、朝子の肩の布団を直してくれながら、慰めてくれた。

（一人になってしまったのかも知れない）（子供はもう授かることが出来ないのかも知れない）

その時、朝子は不思議に隼のことは考えなかった。

「ゆっくり休んでくださいね」

「あの……」

行きかけた婦人を、朝子は呼びとめた。

「ありがとうございます」

「えっ……？」

朝子は婦人に向かってベッドに寝たまま、頭を下げた。

「湯たんぽを……。本当にありがとうございました。私はこの温かさを、長いこと忘れていました、ネルで包んだ湯たんぽなんですね……」

朝子は足の指で湯たんぽのネルの生地をそっと触った。

「息子が、今頃、湯たんぽなんて、可笑しいと言うのですよ。でも、湯たんぽが一番自然に温まるんですよね」

やはりこの老婦人は医師の母親だった。

老婦人が出て行ったあと、朝子はしっかりと湯たんぽを両足で包んで、目を閉じた。

窓の外の霙《みぞれ》の音が激しくなった。（一人になってしまったのかも知れない）朝子は霙の音を聞きながら、もう一度心の底で思った。

鍋から微かに湯気が上がっている。鍋の中の具材は、ほとんど手がつけられず、そのまま残っている。

あの時の湯たんぽの温かさを、朝子は久しぶりに思い出した。胎児を流産したことは、隼に言わないままだった。丁度、その時、隼は長期の出張に出ていたし、帰宅しても話すチャンスを逸してしまっていた。

既に、あの頃から、朝子は自分の中の大事なことを隼に話さなくなっていた。朝子は意識はしなかったが、多分、隼も同じだっただろうと思う。だが、朝子はまだ、自分たちが壊れていくとは、あの時は思っていなかった。考えることが怖かった。

〈一人になってしまった〉とあの時、感じたのは本当のことだった。

「……一度、ゆっくり話さなければと思っていた。君はどんどん遠くなっていくし……」

このひと月、朝子は深夜に帰ることが多かった。隼の方が早く帰って寝ていることもあった。何故、毎晩遅く帰るようになったのか、何処に行っているのかと、隼は聞くことはなかった。

何かが、少しずつ狂っていた。狂ってはいたが、その狂いを元に戻そうとも、その原因が何かとも朝子は考えたことがなかった。それは隼も同じことだっただろうと思う。

夫婦が壊れるときは、こんなに簡単なものなのか、と朝子は他人事のように思った。今、正に崩れようとする自分の家庭を、朝子は自分の手ではどうすることも出来なかった。修復しようにもその術を知らなかった。

その夜、隼と朝子は、冷えてしまった鍋を間に挟んで、長い時間話しこんだ。最近、こんなに二人が話したことはなかった。ただ、別れる為の話は、それが既成の事実のようにほとんど触れることはなかった。

隼は久しぶりに仕事の話をした。

「今度、社会面で続きものを書くことになったんだ」

結婚した初めの頃、隼は朝子に取材した仕事の中味をよく話してくれた。三井三池の炭鉱争議のことなど——朝子は隼のそんな話を聞きながら、自分も社会に直接触れているような新鮮さを覚えた。朝子が今までの人生であまり意識したことがなかった社会の一面だった。

「社会面の続きものだ」

隼は誇らしげだ。

「署名入りよねー」

隼は結婚した時から署名入りの原稿を書きたいと言っていた。

「うん、それに続きものだ。……さんに負けないようなものを書く」

その頃、東京・山谷に起きたいわゆる山谷暴動を現地に潜って書いた花形記者の続きものが評判だった。その先輩記者の名前をあげて、隼は自信ありげに言った。朝子は情熱的に仕事の話をする隼が好きだった。その時の隼に一番魅かれた。

結婚する前のように、朝子は心が弾んだ。と同時に取り残されていく淋しさも感じた。隼は、新聞社の中で自分の夢を実現させている。それに比べて、朝子は小説に憧れながら、意識的に積み重ねてきたものが何もなかった。空虚なまま隼との生活は終わろうとしている。

いや、もう、終わったのだ、と自分に言い聞かせた。朝子も今までの生活を続けることは出来ないと思った。

朝子はウイスキーの水割りの中へ、カボスを搾って飲み始めた。酔いはゆっくりと、朝子の身体に回っていく。

朝子は酔いに身をまかせた。隼も次々にビールの缶を開けて飲んでいる。「コン」と鳴く隼の声は、朝子を未知へと誘う野生の狐そのものの声のように、朝子の心の底に漂いながら甦っては消えた。

〈明日、このカボスを高円寺の「ボア」のゆきさんへ持って行こう〉と朝子は酔いの中で思った。ゆきさんの夫の佐方先生はウイスキーのお湯割りにレモンを入れて飲んでいる。佐方先生にカボスのお湯割りを作ってあげよう。「ボア」は朝子の秘密の場所だ。

テーブルの下の小振りな段ボールの中には、まだ、カボスは十個くらい残っている。

朝子が深夜に帰宅したのは、勤めの帰りよく「ボア」へ寄っていたからだった。「ボア」のことを隼に話したことはない。あの酒場「ボア」は朝子にとって狐に誘われて迷い込んだような別世界だった。

〈モーヌの大将のような世界だ〉

その酒場に連れて行ってくれた、森先生が言った言葉だった。それがどんな意味か今も朝子は知らない。

「モーヌの大将だって……」

「ボア」のカウンターの据わりの悪いスツールに座っているように、朝子は身体を揺らしてみる。

「あー、昔読んだことがある」

思いがけず、隼が答えた。

「本の名前だったの……。早く聞けばよかった」

隼の声が「ボア」の中で聞いた森先生の声のようにも、ゆきさんの夫の佐方先生の声のようにも聞こえる。佐方先生は、今はほとんど書いていないが、作家だと聞いた。店が終わるころ、酔って、大きな体を揺らしながら店に入ってくる。ゆきさんが店に出た後、一人で家で飲んで、酔って夜遅く店へ来るらしい。

「こんなにして、入ってくるのよ」

朝子は佐方先生の真似を隼にして見せる。何故、別れる今になって隼に一度も話したことがない「ボア」のことや佐方先生やモーヌの大将のことを話すのだろう。

隼と朝子は二人で観た映画の話や、深い森に囲まれた霧島の温泉宿の露天風呂の話などをした。

確かに二人の思い出の話なのに、今、話してみると他人の経験のように遠い出来事に思える。

隼がいつものように、新聞を手に持って寝室に入った後、朝子はぼんやりと闇に滲む家々の灯を一人で眺めながら、丁度一年前、父と眺めた橘湾の遠くの漁火《いさりび》を思い出していた。

一年前、父からの便りに、大阪の病院を辞めて、諫早郊外の橘湾に沿った集落で、引退した親戚の医院を引き受けて診療を始めたと書いてきた。そして、一人になった、と最後に付け加えていた。母と別れたあと再婚した人とは別れたらしい。

父の手紙を貰って間もなく、朝子は橘湾沿いの集落の父を訪ねた。

村人から教えられた父の診療所を、海を背にして石段の下から見上げた時、朝子は胸を衝かれた。

古い廃屋に近い平屋の木造の建物が、海の方を向いてコの字型に二棟建っている。赤い煉瓦塀が屋敷の周りを囲っていた。

〈これが父の診療所?〉

この廃屋のような建物の中で、父が診療をしていることなど、考えることが出来なかった。父が院長をしていた大阪の大きな総合病院とは、あまりにもかけ離れて侘しい。

石段を上がった所で振り向くと、橘湾の海は抜けるように青い。寄り添った島影が遠くに霞んで見える。あれが、天草だろうか。

煉瓦塀の内側から大きな樹木が道を覆うように、長く太い枝を海へ向かって伸ばしている。その大きな樹木と青い海を見た時、朝子はここは、やはり父が晩年に選んだ最後にふさわしい場所ではないかと思った。〈いつか、海辺の集落で、診療してみたい。年寄りが自然に近い形で死ぬことが出来るように、支えられるかも知れない〉

父のそんな言葉を朝子はかつて、聞いたことがある。その時は何気なく聞いただけで、その後、人が自然に死ぬことを支えるのは、どんなことなのかを、詳しく聞いたことも、考えたこともなかったが、時折、朝子はその父の言葉を思い出すことがあった。そして、自然に死ぬということを、朝子は木々や海や川などに包まれて、自然の中で死ぬこと、と理解したのだが、父の言う意味は医療の問題だったのだと、後で気付いた。

だが、今、青い海と集落を囲むなだらかな稜線の山々と木々を見ていると、樹霊や地霊の力を直接身体で感じながら、その中に溶け込むように死んで行くことは、もっとも自然な死だと、父は考えたのではないかと朝子は思った。あの大阪の大きな病院のコンクリートの建物の中では、父は地霊も樹霊も感じることが出来なかったに違いない。父は幼い頃、伯父に引き取られてこの海辺の村で暮らしたことがある。

石段の上に大きな石の門柱が二つ並んで立っていた。その門を入ると、赤や黄の小菊が石垣の上に咲き乱れている。父の好きな懸崖の菊だった。

広い土間のある正面の建物に、村の人が次々に入っていく。土間に玉ねぎなどの野菜を置いて行く老人もいた。奥から父の声も聞こえる。明るい声だった。父の声に混じってお年寄りの笑い声も聞こえてくる。

「じいさん、亡くなって半年になるかなー」

患者に声をかけている父の声だった。楽しそうに話している、そんな朗らかな父を、朝子は今まで知らなかった。

正面の建物は古いけれど、手入れも行き届いて、外から見える座敷の欄間の細工も見事なものだった。

中はきちんと診療所らしくリニューアルされて、整っていた。受付の窓口、薬局、そしてその奥が診療の部屋らしい。カーテンの中から父の声が聞こえる。若い看護師や助手や割烹着を着たおばさんたちが、生き生きと働いていた。

朝子を見ると、皆、笑顔で挨拶してくれた。訝しそうな顔も見せない。

中へ入って、周りをゆっくり見回すと、初めに抱いた侘しい印象は一変した。あえて、古い建物を残したらしい。天井の太い梁も活かしている。

長い廊下の突き当たりは、そのまま裏庭に続いていて、赤い葉鶏頭が固まって燃えるように咲いている。

誰かが知らせたのか、父がカーテンを開けて出てきた。朝子を見ると、さほど驚いた様子も見せず、大きく背伸びして笑った。

「よく来てくれた。待っててくれ……、すぐ済むから」

土間の横の待合室のソファーには、ちょこんとお年寄りが二、三人座っている。

床の間の付いた奥の座敷にも、布団を掛けたお年寄りが、自分の家で昼寝でもしているように寝ていた。家全体が患者の待合室や病室になっている感じだった。土間の甕にはススキや竜《りん》胆《どう》が溢れるほどに活けられている。

朝子は父の診療が終わるのを待ちながら、海を眺めているうちに、父はこんな診療所が夢だったのに違いないと思った。患者も家族のように、自分の家にいるように……。

その夜、手伝いのおばさんが作ってくれた夕食を父と済ました後、二人で縁側に座って漁火を眺めた。今まで見たどんな父よりも落ち着いて見えた。

「こんな医院をやりたかったんだ。大阪では院長になる為に懸命に働いた。大学の教授選にも出て敗れた。君にも構ってやれないで悪かった。子供といえども、妻のことも含めて、人のことなど構ってられなかったんだ。妻も子供も他人だったんだなー。出世のことばかり考えてた。結局はそれが家族の幸せと考えていた」

父と離婚した母は再婚して、関西で元気そうに暮らしている。時々、朝子に友人のように明るい声で電話してくる。朝子は母の明るさに安心もし、その一方でその明るさが苦手でもあった。

目の前の島影が薄く闇に紛れていった。右端の灯台の灯が点いて海を照らし始めた。水脈《みお》が島に向かって白く流れていく。島が揺れて見えた。

出世を考えていた父が……。

「どうして?……そのまま都会で医師をしても、ここよりもずっと面白いこともあるし、お金も稼げるし……」

「……自分が診た患者が何人か続けて死んで……。病院だから患者が死ぬことは日常茶飯事なんだけど、死ぬはずはないと思っていた患者が次々死んで……、いつか、患者の一人ひとりの死が応えるようになった。誤診もした。患者からも家族からも恨みごと一つ言われない。患者の死が応えるのと同じくらいに、死なないように治療している自分にも疑問がわいた。家族から延命はしないでくださいと言われても、迷う。余命なんて、本当は誰にも決められないんだ。余命なんて分からない。医療を突き詰めていくと、何よりも自分の哲学を問われる。自信も失くした。若い医師でもあるまいし、自信を失くすなんて、自分でも吃驚した。まだ、こんな青くさい部分が残っていたのかと……」

父は自嘲ぎみに笑った。父はもう一度言った。

「まだ、こんな青臭い医学生のような気持ちが残っていたのだね……」

目の前の暗い海が、少しずつ淡く乳色に包まれていく。

「霧？　霧が……」

重量感のある霧が暗い海の上をゆっくりと流れていく。

「昔は、この伯父の医院は、流行ってねー、長崎の網場から小浜に行く船が、患者を下ろす為にこの下の船着き場に寄ったのだそうだ」

塀から海へ向かって枝を伸ばしている大きな樹が、影絵のように霧の中に浮き上がって見えた。葉が音を立てて揺れ始めた。

「あの樹、いいだろう！　アコウの木というんだ。樹齢七百年と言われている」

「アコウの木？」

朝子が初めて聞く木の名前だった。

「ここの伯父から話があった時、聞いたんだ、あのアコウの木、あるかって？　伯父は嬉しそうに、あー、あるよと」

霧はますます深くなって海を埋め尽くしていく。

「午後は毎日往診をすることにしている。今でも年寄りの場合、死んでからしか医者を呼ばないと言われている山奥の村にも行った。川の源流の近くにある村で、十軒くらいかなー。歩いて一時間以上かかる。迎えに来たのは、壮年の村人で、五人。背負い籠で背負ってくれた。看護師と。早いのだ、歩くというより走る。提灯を持った者が道を照らして。川に沿って遡っていった……。途中背負う者は交代する。こんな奥にもう家はないだろうと思う山深い所に、山襞と山襞に囲まれた村があった。家々に電気が煌々と点いている。貴重な電気なのだ。山の中に竜宮城が現れたかと思ったよ。どの家の軒先にも提灯が下がっている。昔から深夜に賓客を迎える為の習わしだそうだ」

「死んでから医者を呼びにくる？　どうして死ぬ前に呼びにこないの？」

「貧乏な村だからねー。お年寄りの場合は死ぬまで医者を呼ばないらしい。昔からそう言われていた。ただの噂かも知れないが……、年寄りの場合はそのまま死なせるらしい」

「年寄りは医者を呼ばないで、そのまま……」

「小さな子供の病人の時は違うよ。村人がおぶって、何人もその周りを取り囲んで、必死の形相で走り込んで来るよ。子供は村全体の子供なんだね。その子は肺炎で助かったんだけど、秋になる前に新米を届けてくれた。あの村は石垣で囲った棚田があるんだ。大きくもない棚田だから大事な米だと思うんだけど、夜明け前、玄関に新米が置いてあった。黙って庭の草もいつの間にか抜いてくれている。あの村の人はほとんど口をきかない」

「家で自然に死ねるの？」

「偶然かも知れないけど、見事な死に方だった。苦しんだ跡もない。胃にはほとんど食べ物が残っていなかった。何故、もっと早く呼ばなかったかとは言わなかった。これでいいんだと思った。自分もこんな風に死にたいと思った。何か、自然な死なせ方を、この村人は受け継いで知っているのではないかとさえ思ったねー。薬草を煎じた匂いが籠っていたし……、こちらが教わりたいくらいだった。死ぬ間際まで最高の薬を使って、最高レベルの医術を使って……、それでも、死んでいく……。あれは何だったのだろうと思ったよ。死は死だねー。村の大人たちがいつの間にか大ぜい集まってきて、無言で、全員が土間に正座して、深々と頭を下げてくれた。医者になって、あんなに心から敬われたことはなかった。荘厳な気持ちになって、しばらく座を立てなかった」

湾を囲んでいる山並みの峠の向こうにその村はあるらしい。

「診断書を、最近はよく書くよ」

「医師が診断書を書くのは普通でしょう」

「いや、若い医者に任せて長いこと診断書など書いたことがなかった。最近、診断書を書くたびにいつの間にかその人の人生を考えている。診断書を書く仕事は医者の特権だからね。死んだことを証明するのは医者にしか出来ないんだ。いつ死んだとしても、医者が死を確認した時が、死亡時なんだ。その人の人生の終わりなんだ。医者が死を確認しなければ人生は続いている」

父に会いに来たのは、隼との生活をこのまま続けて行くことへの不安を相談したい気持ちもあった。

隼は夢だった東京本社の社会部へ異動できて、張り切って仕事に打ち込んでいる。家へは寝に帰るだけの生活だった。そのことに朝子が不満があったわけではない。人並み以上の十分な給料も貰っている。ただ、この二人の生活が形だけの家庭で空疎に思えた。

朝子は、少し前から、友人の紹介で茗荷谷駅前の大学の文学部長の秘書として勤め始めていた。秘書といっても、電話番とお茶汲みが主な仕事だった。そのことを隼に報告した時も、隼は新聞を読みながら、聞いているのか、聞いていないのか分からないほど無関心に見えた。

家庭というものがどんなものか、朝子は両親が離婚しているので、よく分からなかった。両親が何故、離婚したのかも分からない。夫婦はどんな時に離婚するのかも分からない。隼との生活が家庭といえるのか、朝子が感じる、この空虚感は仕方がないものなのか。父に聞いてもらいたかった。が、その気持ちはいつの間にか、失せてしまった。山と山の間に抱かれた、竜宮城のような村のお年寄りが自然に死んで行く話を聞くと、自分の悩みなど、小さなものに思えた。家にいる時も、食い入るように新聞を読んでいる隼もいつかは山の村人と同じように死んでいくのだと思った。そして自分もまた。

その夜、見る間に霧は海も山も島も覆い隠した。全てが霧の中で見えなくなった。深い霧を朝子はいつまでも茫々と眺めた。

隼とのことは、父には相談しないままだった。

食卓を立つとき、最後に言った。

「籍はそのままにしておこう。お父さんの所へ、しばらく帰ってみるのもいいのでは……」

朝子は、アコウの木のある父の診療所は、父が最晩年に見つけ出した、父だけの聖地だと思った。戦い終わった後の父の終焉の地だと思った。朝子はまだ、戦ったことがない。隼と同じように戦ってみたい。何を戦うのか、それすらも分かっていないのだが。ともあれこの環境から脱出すれば、多分、早くから心の中に蹲《うずくま》ったままになっていた小説を書く希望を復活させて戦う目的も意味も見出すことが出来るかも知れない。そして、最後は父が語ってくれた竜宮城のようなあの村にたどり着いて、死ぬことが出来るだろうかと、まだ見たこともない村に憧れた。

隼と別れると決めた日の翌日、朝子はカボスを持って高円寺の「ボア」へ行った。「ボア」は家への帰り道とは反対の方向にあった。このひと月、毎晩のように、「ボア」へ廻って、深夜に帰ったことが隼の別居への決心を早めたのかも知れない。

高円寺の南口の広場を横切ると、正面に銀行の建物がある。その銀行の裏の路地に二軒店が並んでいる。手前が和風の小料理屋、奥が「ボア」だった。

「ボア」は六人座れば一杯になる小さなスタンドバーだった。ゆきさんという女性がママだった。だが客は皆、ママと呼ばずゆきさんと、何処か敬意を滲ませた呼び方をしていた。

早い時間の「ボア」は埃臭かった。客はまだいない。

ゆきさんはカウンターの中でグラスを拭いている。朝子を見ると、いつものように、ふっと花が開くように笑った。ゆきさんが笑うと夕顔のようだと、その笑顔を見る度に思う。

「いい？　お店まだなのよね。看板に灯が入ってなかった」

カウンターの椅子に腰をかけようとする朝子に、ゆきさんは、入口近くを指差して言った。

「そうだ、看板、忘れてた。あのコンセント差して……」

朝子は言われた通り、コンセントを差しこんだ。表の看板に灯が点いてドアの外が明るくなった。朝子は、ゆきさんにこんなことを頼まれたことが身内になったようで嬉しかった。

「カボス……。大分から送ってきたの。先生のウイスキーに入れてあげて……」

青いカボスを袋から出して五、六個カウンターへ置いた。

「ボア」はゆきさんの夫が作家ということもあって、文学関係の人たちが多く集まる店だった。同人誌の集まりの帰りに六、七人で寄る男女は、カウンターに座れないと、その椅子の後ろに立って飲んでいた。文学に関した話は朝子にはほとんど内容が理解できなかったが、時々、心の底が熱くなる思いをすることがあった。

このひと月、客がいない時、ゆきさんは朝子に自分たち夫婦のことをよく話してくれた。

〈彼がね、書かなくなって、全く収入がなくなって、新宿のお店で皿洗いしたことがあったの……、作家が来る店で、誰かが紹介してくれたの。その頃、流行作家だった九州出身のある作家は、よく一族郎党ひきつれて飲みにいらしてたわ。豪快に飲んでね。帰りには私のことをおかみさんから聞いたのでしょうねー、きちんと、ご苦労様です、と頭を下げて帰られたわ。売れなくなった作家の女房の末路と思われたかもね。やっぱりね、情けなかったわね〉

情けなかったと言いながら、ゆきさんは少しも情けない風ではなかった。

〈彼の東大時代からの盟友、三羽ガラスの一人は功成り名を遂げた作家だけど、今は、千葉の病院で癌の末期だと言われてる。一番古い友人なの、お互いに……。でも見舞いに、怖くて、辛くてなかなか行けなかったのよ、今まで彼は。三羽ガラスのもう一人は早く亡くなって、未亡人は日本橋でマージャン屋、やってる〉

ゆきさんの話は、朝子にとってどんな話も興味深かった。

「それが今日、行ってるのよ、やっと。千葉の高須さんの所に。帰りに寄ると思うわ。もう危ないって、早く行かないと話せなくなりますよ、と編集者から電話があって」

そして、間もなく、佐方先生は、いつもより早目に店に来た。きちんとスーツを着ていた。常連の客の一人が、佐方先生の正装を冷やかして言った。

「先生、何処かのパーティーの帰りですか？」

「いや、文壇パーティーなんて、最近とんとお呼びがないよ」

佐方先生はそれほど嫌味でもなく、さらりとかわして、いつものようにがらがら声で笑った。

朝子は佐方先生の顔を見ることが出来なかった。書けなくなった作家は、辛いものだな、と思った。

佐方先生は父と同じくらいの年齢だが、父のように戦い終わった感じは少しもなかった。多分、作家というものは、生きてる限り戦い終わることは出来ないに違いない。

〈毎日、机の上の原稿用紙をきれいに置き直して、その横に万年筆と辞書を置いて、インク押さえも置いて、店へ出てくるの。机も毎日拭いて……、でも、長い間、一字も書いてないのよね。書けなくなるって……、簡単に言うけど、すごいことなのね。お金も一銭も入ってこない。質に入れられるものは全部入れたわ。書けなくなるのと、注文が来なくなるのとどちらが先だったか、思い出せないのよね。ドストエフスキー全集も、彼がいないときに売ろうかと思ったわ。でも、さすがに売れなかった。うちの小さい姪が言うの、伯父さん、何も働かないで、文

学、文学なんて言わないで、守衛でもすればいいのにって〉

〈東大出の守衛？〉

朝子とゆきさんは二人で笑った。ゆきさんの貧乏話には少しも悲愴感がなかった。貧乏したことがない人間は駄目な人間だと言われているような気がして、朝子は肩身が狭かった。

〈彼が大学を出た頃は、丁度、大学は出たけれど、という映画があった時で、不況だったのよ。いい就職口が見つからなくて、逆に小説が文芸誌に載ったりして、作家として前途洋々と思ったわ。就職なんかしないで書いてくださいって、言ったりして、若かったわ、私も〉

店の隅にひとつだけ小さなテーブル、それをはさんで二つの椅子が置いてある。カウンターの高いスツールに座った客に押しつぶされそうな、その小さなテーブルが、佐方先生の常席だった。

高須先生を見舞いに行った帰りのその日も、佐方先生はいつものようにそこに座った。

朝子はスツールから降りて先生の前に座った。その日、先生はあまり酔っていなかった。高須先生に会えただろうか。高須先生と話せただろうか。

「先生……」

朝子は後の言葉が続かない。朝子は先生のグラスに黙ってウイスキーを注いだ。急に先生が話しだした。

「……高須より、おれの方が早かったんだ。文壇へ出たのは……。ある短篇が文芸誌に載って、褒められたんだよ。評論家から。こちらもいい気になって、仲間の中で一番大きな顔をして、銀座の資生堂パーラーでお茶飲んでいたら、高須が来て……、佐方、お前、いい小説書いたな。おれもこんなところでぼやぼやしてられないよ、帰って勉強するよ、お茶一杯飲むと店を出て行った。あの時の悔しそうな高須の顔が目に浮かぶよ。お前に先を越されて悔しい、そう言いたかったんだろう。高須よりおれの方が早かったんだ。おれの方が先に出たんだ」

佐方先生が先に出たが、やがて、高須先生は文壇のトップになった。佐方先生は十年以上前から書かなくなり、今、かつてのライバルだった高須先生は文壇のトップのまま死の床についている。

「先生の方が早かったんですね。文壇に出たのは……」

朝子は文壇という言葉も「ボア」で知った。高須先生の復帰は不可能なのだろう。〈生活も高須さんに助けていただいたのよ〉とゆきさんから聞いたことがある。

「先生、お話になれましたか？」

佐方先生は弁慶役者のような大ぶりな作りの顔をしている。色が黒く、口も横に広く、眉毛も濃い。

「あー、あー」

佐方先生は言葉にならない。佐方先生は急に酔ったように、がくっと身体を前に倒した。

「高須先生、もう……」

「うん、痩せて、痩せて……」

「先生、何も話さなかったのですか？」

のんびりと客と話しているゆきさんの声が聞こえる。

「朝子さん、ウイスキー、ある？」

朝子は客の間から手を伸ばして、ゆきさんからウイスキーを瓶ごと受け取った。

「何か、難しい話か？」

カウンターに座っている常連の花崎老人が、朝子に声をかけた。「ええ、難しい話です」

花崎老人と呼ばれているのは、花崎さんが見事な白髪だからだ。佐方先生より若いはずだ。戦時中、共産党員で、発禁になった雑誌の編集長だったと聞いたことがある。〈いつ踏み込まれるか分からないから、いつも片目を開けて寝ていた。それが特技だ〉と言って朝子を笑わせたことがあったが、まんざら嘘ではないだろう。ほとんど、自分ではその頃のことを話さない。今は大きな洗剤会社の宣伝部長をしている。

「あいつが、高須が可哀想だ。彼が別れるときに、最後に僕に言った。……僕は周りに気兼ねばかりして生きてきたよ。気兼ねばかりして損したよ。それが、可哀想で、多分、彼の言うとおりだと思う」

「あの、偉い先生が、気兼ねして生きてきた？」

高須先生の複雑な出自も聞いたことがあった。

「多分、本当なんだ。気兼ねして生きてたんだよ。それが可哀想で……」

店は客で一杯になっている。立っている客もいる。

花崎老人が歌いだした。

　何処から、わたしゃ、来たのやら……

戦争が始まる前、花崎老人が築地小劇場で最後に観た松井須磨子の〈沈鐘〉の歌だった。

朝子はこの歌が好きだった。花崎老人は、朝子が来ると、よくこの歌を歌ってくれる。

ゆきさんが高須先生のことを話したことがある。

〈高須さん、クラブでもバーでも、その店で一番地味な目立たない女と親しくなるのですって〉

佐方先生は「可哀想で」と言いながら飲み続けている。

酔いつぶれた佐方先生を置いて、「少し、付き合ってくれ」と言う花崎老人と店を出た。

花崎老人は高円寺の駅の構内を北口へ通り抜けた。何処へ行くのか分からない。

北口広場の噴水はいつも水が高く上がっている。花崎老人は無言で歩いて行く。その後を朝子は黙ってついて行った。商店街を抜けて庚申塚の側で、花崎老人は立ち止まった。

「この先に大通りがある。君と何故、この道の側まで来たかったか分からないんだけど、さっき高須さんのことを話してただろう。一緒の時代があった。辛い時代だった。久しぶりに思い出した。いや、いつも思い出さないようにしてた。……もう、何十年も時間が経った。いろんなことがあったけど、一番、思い出すのは、あの道を走った夜明け前のことだ……」

花崎老人は、朝子に何を話したいのだろう。

「……あの日の夜明け前、あの道を走った。きれいになったけど、あの時とほとんど、あの道は変わらない。下駄を履いてあの道を走ったんだ。自分の下駄の音が今でも忘れられない。築地警察から小林多喜二の遺体が帰ったと連絡があって、彼の家へ走ったんだ」

「えっ！　あの虐殺された小林多喜二！」

「あの道は馬橋《まばし》、阿佐ヶ谷へ行く。小林多喜二の家へ走った。今でも、あの道は避けて通る。ここまで来ると足が竦むことがある」

白い道が見える。

「君に、こんな話を何故したんだろう。君はいつも、思いつめたような顔をして、「ボア」に座っていたから、気になって……」

「いえ、思いつめることがないんです。思いつめるものが欲しくて。まだ、何も戦ってもいないのです。花崎さんは戦ってきたから……」

「戦ったかどうか、戦ったとしても、ほんの数年、後はずっと余生を生きている。ほとんど忘れている、あの頃のことは。君を見て、久しぶりに思い出した」

〈あの頃のことはメモ一つない。メモ一つあったら大変なことになるから残さない癖が付いてしまった〉

花崎老人が話したことがあった。

「あたし、夫と別居するんです」

「どうして？　別れるの？」

「どうしてか、はっきり言えないのが駄目ですね。理由なんて、分からないんです。彼から先に言われてしまって……もうとっくに壊れていたのだと思います。このひと月、毎晩にように「ボア」に来て、深夜に帰って……、何も言わないから、男がいると思ったのかも……、離婚って、はっきりした理由がなくてもするんですね。離婚する理由もはっきりしないで、いつもなし崩しで、情けないです、自分が……」

朝子は他人事のように言ったが、曖昧なまま離婚する自分が恥ずかしかった。離婚を決めても足が竦むこともない。

「あの道を横切った所に、佐方先生たちのアパートがあるよ。六畳二間の小さなアパートだ。風呂はなくて、あの向こうの銭湯に行っているらしい」

花崎老人は、それ以上、朝子の離婚について何も聞かなかった。夜明け前、虐殺された同志の元へ、懸命に花崎老人が走ったように、朝子も何かへ向かって走りたい。

「このあたりにアパートを探します。ここで、一人で……」

朝子は家並みが切れた先に見える、白い道を見ながら言った。

樹霊も地霊も感じられない、寂寞とした舗道だった。

二

荷物を出してしまった後のがらんとした団地の部屋毎に、朝子は鍵をかけて回った。下に停まっている最後の引っ越しの荷物を乗せた軽トラックが、もうすぐ発車するはずだった。

隼の荷物は、既に運んでしまっている。今日の荷物は朝子の新しい住まい、高円寺のアパートへ行く荷物だけだった。

部屋の中には何もない。二人で暮らした痕跡さえも感じられない。よく見なければ、簞笥を置いた跡さえも見えない。それだけ、二人が暮らした年月の短さを感じさせた。襖も入った時のまま、破れもなく、色も変わっていなかった。

開けたままにしている玄関に微かな足音がして、朝子が今鍵をかけたばかりの硝子戸に人影が映った。朝子が玄関に出て行くと、先程、荷物を運んだばかりの運送屋が立っていた。帽子からはみ出した白髪が、背後からの夕陽に光って見える。

もう日暮れになる。高円寺へ荷物が着くころは暗くなっているかも知れない。朝子は今日から一人で住み始める部屋のことを考えて急に心細くなった。

「……もう荷物は残っていませんが……」

朝子は部屋を見回して、ドアの横に立っている運送屋に言った。玄関に立っているのは二人来た運送屋の中の初老に近い男性だった。もう一人は若い。

「いや……、荷物は全部積み出しました。荷物のことではないのですが……」

下で車のエンジンの音がする。

「あの、差し出がましいのですが……」

初老の運送屋は玄関の中へ一歩入って来て朝子の顔を見ずに、言いにくそうに言った。

「差し出がましいのですが……」初老の運送屋は、もう一度言った。

「あの……何か？　料金のことでしょうか？」

運送代金は払って、領収証も貰っている。バッグの中の領収証の金額を思い出しながら、そのお金さえも隼に出してもらったことが、小さく胸を刺した。

〈金が要るだろう〉と隼は少し纏まった金額をむき出しのまま朝子に手渡してくれた。アパートに入る為のお金も、全てそれで支払った。その時は、何も感じなかったのだが、むしろ、それが当たり前と思っていたのだが、今になって、それは朝子の思い違いではないかと胸が痛んだ。これからは、隼に頼ることは出来ない。

「思い直すことは出来ませんか……」

「えっ！　何を、ですか？」

「あのー、離婚なさるんですよね……、本当に、私のような者が、それも今、初めて会った私が言うのは、本当に差し出がましいのですが……、離婚を思い留まることは出来ませんか。怒らないでください。失礼なことは重々分かっています」

朝子は、ただ茫然と運送屋の前に立ったままだった。言葉がない。

運送屋は、帽子を取って、一歩朝子に近づいた。

「私にも奥さんくらいの娘がいます。以前、一度婚家先から戻ってきたのですが、女房が説得して帰しました。今は二人の孫がいます。奥さんもお子さんが出来れば……、今から空けて出ていく部屋の鍵を一つ一つ丁寧に締めている、その姿をじっと見ていました。目が離せませんでした。……奥さまは、ご主人と暮らしたこの部屋を大事に思っているのではないか？と、また帰ってきたいのではないか？　と……空っぽの何もない部屋に丁寧に鍵をかけて回る人は今まで見たことがありません。……この商売ですから、どれだけ引っ越す家族の荷物を出したかも分かりません。居ないのです。奥さんのような方は……」

朝子は答えないまま、今、締めたばかりの硝子戸の方を見た。枯れた田んぼが続き、その向こうに民家が見える。

ある冬の午後、身体に異変を感じて、あの田んぼの畦道をそっと歩いて、古い産婦人科の医院へ行った。〈流産しかかっています。もう止められません〉そしてその医院で処置をしてもらった。そのことは隼に言わないままだった。あの夜、病室で薄いお腹の上に手を当てて、降り続く硝子戸の外の霙の音を聞いていた。〈やっぱり一人になってしまった〉と朝子は思った。こうなることが朝子に分かっていたわけではない。が、〈やっぱり……〉とその時、呟いた。

あの時、不思議に隼のことはあまり考えなかった。既に切れかかった絆だったのだと後になって思った。父や母のことも考えなかった。自分を産んでくれた実母のことも、不思議に思い出さなかった。今、運送屋から指摘されるまで、鍵をかける自分の姿が、誰かに見られているなどと考えなかった。

自分は自然にした行為だと思っていたが、考えてみると、あれほど丁寧に部屋の鍵を締めて回ったことは、隼と暮らしていた頃もなかった。玄関の鍵さえ締め忘れて、隼から注意されたこともあった。

朝子は、自分がこの部屋での隼との暮らしに未練があるとは思っていない。この暮らしを大事に思っていたわけではないはずだった。もし、そうであるなら、こんなに簡単に、隼と離婚の話を詳しくすることもなく、別れることはなかっただろう。夫婦が別れることが、こんなに簡単でいいものなのか。朝子は隼と別れることを決めた後になって、誰かに仕掛けられた陥穽に自分自身が気付かないうちに嵌ってしまったのではないかと思うことさえあった。

だが、それ以上に、朝子は自分が家庭というものを、少しも大切なものだと、思っていないのではないかと、そう思う自分自身を恐れた。朝子は隼に執着したわけではない。執着したわけではないのだが、鍵を締めて回った朝子の行為は、二人の暮らしの残滓を何処かで確かめたかったのではないか。自分は、確かに隼と家庭を持ったのだと、自分に確認させたかったのではないか。カーテンがはぎ取られた硝子戸に、しっかりかかった鍵が、それ自体が朝子の主張のように目立って見える。

「……もう、次の生活が待ってるんです」

朝子が自分でも驚くほどの高い声だった。

「そうですか……もし、将来再婚なさったらお子さんをお持ちになるように……下にきているのが婿です。私の跡を継いでくれます。孫もいて、……あの時、娘が別れていたら、私の仕事も終わりです。子供がいると、繋いでくれます。親子も夫婦も……」

今、会ったばかりの、この初老の運送屋に子供のことを言われたことに、朝子は不思議に腹が立たなかった。〈繋いでくれる〉。本当にそうだろうか。

その時、朝子はほとんど思い出すこともなかった、別れて長い年月が経つ、実母の像が、ちらと頭を掠めた。朝子はその影のように現れた実母を急いで、頭から消した。ぼんやりと珊瑚樹の木を眺めている一瞬の母の面影だった。〈繋いでくれる〉繋いだ糸は、多分朝子の方から切ってきた。

「主人が子供を欲しがらなかったので……」

その言葉は嘘だった。隼とは子供のことは話したことがない。本当は隼は子供が欲しかったのか。今まで考えもしなかったことが、朝子の心の隅を痛みのように過《よぎ》っていった。

その時、突然、部屋中に電話のベルが鳴り響いた。

それまで、朝子は電話機がまだ部屋にあることを忘れていた。手違いで電話機を外しに来るのが遅れていて、朝子は奥の部屋の隅に受話器を置いたままにしていた。もう、電話線は切れていると思っていた。

突然の電話のベルは死んだような部屋の中で、それだけが生き物のように鳴り響いている。部屋全体が人間の暮らしが立ち戻ったように急に活気づいた。二人で暮らしていた頃も、電話がかかるのは、ほとんどが隼に職場からのものだった。朝子には電話をかけてくる友人もいなかった。

電話のベルはまだ鳴っている。それを潮に運送屋は丁寧に朝子にお辞儀をして、帽子をかぶり直した。

朝子の身体から急に暖かいものが抜け落ちていった。親切な初老の運送屋とまだ話していたかった。玄関のドアが閉まる音を背中で聞きながら、朝子はそっと受話器を取った。隼がかけてきたのではないかと思ったが一瞬、隼とは違う声が飛び込んできた。

「……奥さんですか。お会い出来ませんか」

低い男性の声は初めに名前を名乗ると、前置きなしに近日中に会いたいと単刀直入に言った。

無駄を省いた言い方だった。大賀と名乗った男性は隼の上司だった。朝子は隼から尊敬するデスクとして、何度も大賀の名前を聞かされて知っていた。

階下で車の走り去る音が聞こえてくる。運転する婿の横にあの初老の運送屋が乗っているだろう。朝子のことを婿に話しているだろうか。

「聞こえていますか？」

一瞬、沈黙した朝子に大賀は丁寧に、だが強引にとも取れる断定的な言い方で「奥さん、聞こえていますか」と、間を置かず、もう一度聞いた。こんな言い方を隼もよくしたものだった。隼の声を思い出そうとしたが、思い出せない。隼と話したことが遠い昔の出来事のようにも思えた。

朝子の持った受話器からは周りの人々の声や、走っていく足音が入り混じって飛び込んでくる。受話器を通して活気のある職場の様子が伝わってきた。隼の職場だ。隼は仕事をしているだろうか。

隼の職場がそこにある。朝子が入り込めない世界だった。見えない隼の職場に朝子はいつも嫉妬していた。隼はその職場の活気を纏って、疲れてはいるが高揚した気分のまま帰宅した。隼の前には自分の知らない輝いた世界が無限に広がっている気がした。そこに入っていけない自分が小さな存在に思えた。

それは、隼と別れた今も同じだ。朝子は受話器を握りしめて、その向こう側の音に耳を澄ました。あのように活気がある世界に朝子は身を置いたことがない。隼が活気のある受話器の向こう側の世界にいるのは、朝子と暮らした日々も別れた今も同じだ。変わるのは朝子だけだった。そして朝子には高揚した世界が待っているわけではなかった。隼と別れさえすれば、朝子にも高揚した世界が広がっているのではないかと、一瞬思ったこともあったが、その思いはすぐに消えた。

大賀は朝子と二日後に会う約束をして、場所を指定してすぐ電話は向こうから切れた。隼の世界が朝子の前から消えた。

夕闇が迫るがらんとした何もない部屋で、朝子は茫然と黒い電話機の側に座っていた。誰でもいい、もう一度この電話に誰か電話をかけてきてくれないだろうか。それだけが、朝子と世間を繋ぐただ一つの細い線のようにも、今は思えた。隼と別れた後の孤独さが朝子の前に薄闇のように広がっていく。もう後戻りすることは出来ない。夕闇の中で電話機はなお黒々と朝子の前で沈黙したままだった。

隼の上司の大賀が何故朝子と会いたいのか、朝子にはまるで見当がつかなかった。隼が親しい大賀に何か話したのだろうか。

大賀が指定したのは、隼が勤める新聞社に近い、有楽町のガード下の喫茶店だった。

少し早目に着いた朝子の前に、ほどなく大賀は現れた。

敏腕の新聞記者だと聞いていた大賀の印象は、朝子にとっては意外だった。素朴で実直な勤め人の感じがした。ネクタイをとったシャツにグレイのスーツを着ていた。

急いだ様子でもなく、朝子の前に真っ直ぐに近寄ってくると、笑いながら席に着いた。椅子を引く時も座る時も音をたてない。午後のこの時間は新聞社にとって、夕刊の締め切りが済んで、朝刊の締め切りまでに時間がある一番暇な時間のはずだ。隼と暮らした中で、いつの間にか、隼の仕事の工程を朝子も知るようになっていた。

「もう、越されましたか？」

店の客は朝子たちだけだった。

「あの時……、電話をかけた時、繋がるとは思っていませんでした。隼君から……、既に貴方は引っ越してるだろうと聞いていましたので、半分は諦めて電話をしてみたのです。電話番号は暗記してるのですよね。あの電話に何度電話をしただろうかと、今日も思っていたところです。泊まり明けの隼君に、急な事件で人が足りないので出てきてくれとか。考えると、一番頼みやすかったなーと。その度に嫌な顔もせず、すっ飛んできてくれました」

「ええ……、いつも喜んで、自分に頼まれることが嬉しくて」

帰宅して一時間しか寝てなくても、電話があると、顔を洗って不機嫌な様子もなく飛び出して行った。隼は寝るときは、自分の枕元に電話機を引き寄せて置いていた。電話のベルの二回目で、必ず隼は受話器を取った。いつも、その電話を待っているような受け答えだった。

そして、いつも、その度に朝子は取り残された。

「四、五日前、朝刊の締め切りが済んだ後、隼君が珍しく自分の方から寄ってきました。彼は、僕だけにではなく、自分から仕事以外で上司に寄って行くことはないのです。いつもねー、そっけないと言うのか……、デスクに居る僕の所に、仕事が一段落して……、ぼーっとしている僕の側に椅子を持ってきて座りました。何となく、仕事の話ではないな、と思いました。出ようか？　と言う僕に、いや、と手を振って……」

大賀は言い淀んで、煙草に火を付けた。

「あの。私たち、別れたんです。そのことでしょうか、今日のお話は」

朝子は出来るだけ自然に聞こえるように、自分の方から離婚のことを言った。二人の離婚の話以外に、大賀が朝子に話があるはずはなかった。コーヒーが運ばれてくるまで大賀は無言だった。

「そうなんです。……もう今までのお二人のことを聞いても仕方ありませんが……」

そして、また大賀は言い淀んだ。コーヒーをゆっくりと飲みながら、次の言葉を出さない。大賀が朝子の前に座って数分しか経ってないのだが、大賀は既に朝子に会ったことを後悔しているのではないかと思った。

あの隼が自分たちの離婚のことを職場の上司に話したことが朝子には意外だった。職場の上司に私的なことを伝えるような隼ではないと思っていた。

「思い直していただけませんか」

「思い直す？」

「ええ、離婚を思い直していただけませんか？」

「もう決めたんです。引っ越しもしましたし」

朝子はそう言った瞬間、もしかしたら、隼がそのことを大賀に頼んだのではないか？　と思った。

「そんなはずはありませんね」

「えっ？」大賀は怪訝そうな顔をした。

隼が頼むはずはなかった。そんな男ではなかった。朝子との離婚についての話の中でも、別れたくないという素振りを見せたことはなかった。大分前から、隼は自分の中で朝子との別れを決めていたのだろう。それをいつ朝子に言うのかを迷っていたに違いない。大分の姫島の少年の狐の盆踊りの話をしながら、朝子は隼との暮らしの限界を感じた。自分よりもむしろ隼の方が別れを望んでいるのだと察した。争いもなく、二人は別れることにした。後になって、別れる原因を考えるとき、その原因が自分でも分からない。別れる理由など何もなかったようにも、二人と同じような家庭を多くの人が営んでいるようにも思えた。

「隼君から頼まれたわけではないのです。大人のお二人が決めたことですから、私などが意見を言うことも、思いとどまってくれと言うのも差し出がましいとは思うのですが……」

差し出がましいという言葉は、つい二、三日前初めて会った運送屋からも言われた言葉だった。

「隼君が離婚することにしたと言った後、……ふっと涙ぐんだように見えたのです。下を向いて……、ほんの一瞬だったのですが」

「涙ぐんだ？　彼がですか？」

朝子は意外に思った。あの隼が涙ぐむ、そんなことがあるだろうか。朝子は結婚して以来隼の涙を見たことがなかった。そして、今まで、そのことに朝子は気付かなかった。

「隼君は貴方と別れたくないのではないですか」

「いえ、そんなはずはありません。もう二人で話し合って終わったことです」

二人で話し合ってと、朝子は言ったが、離婚についての話らしい話は何もしなかった。ただ、二人とも、今の暮らしを続けていくことは出来ないと、同じように思っていた。もしかしたら、その理由はそれぞれが別の思いかも知れない。

「でも、隼君はあの日の前後から何となく荒《すさ》んで見えるのです。別れることに決めた後になって後悔したのではないか、と思えるのです。……あれほど、嫌がらずに仕事をした男が投げやりで……、手が空いてない、と断ることもあったり、……そんな男ではないのですよ。困ってるんですよ」

朝子は大賀の〈困ってる〉が強く胸に応えた。〈困ってる〉から朝子に離婚を思い直させようとしたのか。〈困ってる〉というその原因は朝子にあるのか。

「あのまま行くと、仕事も投げてしまうのではないか、そんな気がするのです。続きものの企画にも僕が抜擢したのです。困るのです。きちんとやってもらわないと……」

隼が仕事を投げるのは朝子の責任とでも言われているような気がした。

「私と離婚するせいでしょうか。彼が仕事に投げやりなのは……」

まだ離婚届は出していない。

「多分、そうだと思いますよ。彼は自尊心が強い男だから、離婚したことで仕事が左右されることはない、と言うと思います。多分、自分でもそう思っているでしょう。でもね、この大事な時に、離婚なんて、何故するのですか？　今から出世していく男ですよ。社にとっても大事な記者です。そんなこと、奥さんが分からないわけではないでしょう」

「大事な時？」

「ええ、そうですよ。この数年が、彼が将来偉くなるかどうかの分かれ目だと思います。優秀な記者ですから、当然偉くなります。ただし、離婚などでごたごたしては駄目です。順調に行けば、です……」

離婚は順調に行かない理由になるのか。朝子が、最初に大賀に抱いた素朴な印象は一変した。朝子の前に座っているのは一流新聞のエリート記者だった。この男の前で自分が急にみすぼらしく思えた。化粧もほとんどせず、着古したセーターを着ている。大賀は地味だけど、仕立てのいいスーツを着ている。ネクタイをしないワイシャツも誂《あつら》えたものだろう。隼から大賀のワイシャツは全て誂えだと聞いたことがあった。

大賀が朝子に今まで話した言葉は、計算し尽くされたものに違いない。〈涙ぐんだ〉というのも大賀の創作だろう。最初に同情させて、今、朝子は大賀に脅されているように怯えた。大賀に、というより大きな組織が朝子の前に立ちはだかっているように思えた。

「何処の新聞記者の奥さんも、忙しいご主人を文句も言わずに支えているのです。うちもそうです。家で飯くうことなんてないんですが、泊まりが続くと、女房は社に着替え持ってきてくれます……、当たり前のことではないですか」

怯える自分を立て直そうとした。負けてはいけない。

目の前の大賀が隼にダブって見えた。最初は感じなかったのだが、言葉や動作ではなく、本質的な自信のようなものが隼と同じに思えた。それは隼だけではなく、大賀と隼の新聞社の記者に共通のものかも知れない。

「貴方から頭下げていけば隼君は離婚を止めますよ。貴方のわがままで社の優秀な新聞記者を潰すわけにはいきません」

大賀が離婚を思いとどまらせようと言葉を重ねれば重ねるほど、会社の都合が露わになっていく。力のない朝子が大きな組織に刃向かっても勝ち目はない。大賀は朝子にそう言っているのか。（負けてはいけない）

大賀の言葉とは反対に、大賀が「困る、困る」と言えば言うほど、朝子は自分の離婚への気持ちがより強く固まっていった。今までは、離婚すると決めて新しい住居にも移ったものの、一人になってみると心細さが押し寄せてきた。ほとんど家に帰らない隼との暮らしでも、人と暮らす温もりがあった、とこの数日、心が揺れていた。

「まだ、離婚届は出してないそうですね。隼君に確かめてきました」

朝子は黙って膝の上のバッグを強く摑んだ。

「給料はいいはずですよ。奥さんは何不自由ないはずです。何が不満なのですか。これ以上、恵まれた環境はないですよ。そして隼君は将来偉くなります。社を背負って立つ男ですよ」

その男の妻であることを有難く思えと言いたいのだろうか。

朝子は俯いた。朝子には何もない。田舎の短大を出ただけでとりたてて言えるほどの仕事をしたこともない。何かが出来るというわけでもなかった。小説も志望というだけで何もなかった。料理が上手いわけでも家事を上手くこなせたわけでもなかった。子供も産んでいない。

だが、隼が偉くなることと自分の人生とは違うもののはずだった。朝子は隼とは別の人生が自分にもあると言いたかったが、口に出すことは出来なかった。偉くなる夫を支える以上の幸せが、貴方にあるのかと言われそうだった。

「でも……」後が続かない。涙が溢れた。

「奥さんも未練があるのでしょう」

朝子の涙を大賀は誤解したようだった。

「もし離婚届をお持ちのようなら私にください。私が破ってあげますから」

大賀は勝ち誇ったように、朝子の方へ手を差し出す。朝子は自分の力のなさが情けなかった。朝子が隼との生活で息苦しかったのは、大賀の自信満々の片鱗を隼にも感じたからではないか。

「社の為にお願いします。大事な記者を潰したくないのです」

大賀は大仰に頭を下げた。

「社の為に？」

「えー、そうですよ。社に代わって私が奥さんにお願いしますよ。離婚は取りやめてください。誰が聞いたって、こんな良い条件の結婚をやめるのはわがままですよ」

朝子は顔を上げた。朝子が何か言おうとした時、大賀が身を乗り出して低い声で言った。あたかも、自分の秘密を打ち明けるように。

「奥さんの今のお母さんは義理なのですね。本当のお母さんはどうなさったのですか？　もう亡くなって？　隼君が言いました。いつか朝子さんの戸籍謄本を取って見たら、今のお母さんが継母だということがわかった。複雑な家庭なんだと……」

「……戸籍謄本を？」

「そんな複雑な家庭の娘は、普通貰いませんよ。隼君はそのことを言わない貴方を許してきたんですから。ありがたいと思わなければ……」

朝子は隼が戸籍謄本を取ったと言った大賀の言葉に衝撃を受けた。大賀のどんな言葉よりも、強く朝子を打ちのめした。朝子はそのことを知らなかった。朝子は自分の戸籍謄本を見たことがない。学校に提出する時は父が封をしたままのものを出した。

「お母さん、今は？」

どうしているか知らないと言ったら、また大賀に呆れられるだろう。朝子は無言だった。

「高円寺へ越したのは、どうして？」

大賀は立て続けに聞いてきた。書けなくなった作家が集まる、高円寺駅裏のあの「ボア」では、少なくとも卑屈にならずに済む。〈社の為に〉などと言う人はいないからだ。

朝子は黙って大賀にお辞儀をして、席を立った。大賀もそして隼も朝子とは別の世界に住む人だった。朝子は隼と別れたのだと、その時はっきりと自覚した。

灯が点き始めた有楽町の雑踏の中を、朝子は俯いて歩いた。自分の周りを渦のように行き交う人と人の中で、朝子は自分が惨めな存在に思えた。

舗道を踏んで多くの人が歩いて行く。誰もが目的を持って、その目的に向かって真っ直ぐに突き進んでいるように思えた。足が竦んで立ち止まる人はいない。

昔、この道を待ち合わせをした隼と、一緒に連れ立って帰ったこともあった。

この日、朝子は高円寺の駅を降りると、「ボア」には寄らなかった。昨夜、〈明日、隼の上司に有楽町で会う〉と、ゆきさんに言っていたので、もしかしたら朝子を待ってくれているかも知れない。

店の前の看板の灯をゆきさんは忘れずに点けただろうか。

改札口を出たところで、一瞬「ボア」のある南口の方を見たが、朝子は借りた部屋のある北口へ出た。

朝子が借りたアパートは六畳一間にトイレと玄関の横に流しが付いた小さな部屋だった。環状線に近いそのアパートを朝子は駅の近くの不動産屋で紹介してもらって決めた。越してみると一晩中、騒々しい車の音が絶えない。車の音が消えるのは、夜明け前の、ほんの一瞬だった。

戦時中、プロレタリア雑誌の編集長をしていたという花崎先生が……〈あの道の近くまで来ると足が竦む〉と言った、その舗道の近くに朝子のアパートはある。

〈……夜明け前、虐殺された小林多喜二の遺体が阿佐ヶ谷の家に帰ってきたと、連絡を受けて、あの道を走った。その時の自分の下駄の音が今も忘れられない。あの道の近くまで来ると今でも足が竦む〉

朝子が隼と別れようと決めた頃、「ボア」の帰り、花崎先生は朝子をその道の近くまで伴って、白い舗道が見える所で立ち止まった。そして、舗道よりもっと先の方を見て言った。

〈ここまで来ると足が竦む〉

その時、自分には〈足が竦む〉経験がないと朝子は思った。そして、そのことを花崎先生に言いもした。花崎先生の言葉に朝子は強い衝撃を受けた。そして、何処にでもある、普通のその舗道が、何か大きな力を内在させているようにも思えた。その道に引き寄せられるように、道の近くに朝子は部屋を借りた。

先程、有楽町の喫茶店で大賀が朝子の実母のことを言った時、〈足が竦む〉と言った花崎先生の言葉をしきりと思い出していた。

〈社の為に、大事な記者を潰したくないから、離婚を思いとどまってくれ〉と大賀に言われて、屈辱で小さく身を縮ませながら、朝子にも〈足が竦む〉道があったのではないか。道の記憶は霧の中でぼやけたままで、くっきりと輪郭が見えてこなかった。

高円寺駅の北口商店街を抜けて、庭木の繁った古い家の前を通り抜けると、あの白い舗道が見える。

そこまで来て立ち止まった時、朝子は遠い昔、小学生の頃の炭坑町のあの日の記憶が不意に激しく甦った。

母が天皇行幸の車を追いかけて走ったあの道が、朝子の胸を突き上げるように迫ってきた。

母は朝子の実の母だ。道は白い舗道ではなく、炭塵で黒く汚れた川縁の道だ。天皇の車を追いかける母を止めなければと思いながら、足が竦んで動けなかったあの道だ。

あの時も、それから後も、そして今も朝子は足が竦んであの道に近づくことが出来ない。

母も、炭塵で汚れたあの道も、あの炭坑町も、朝子の意識の底の底に沈めて生きてきた。そして忘れようとしなくても、いつか思い出すことがなくなってしまった。

後に父が再婚した人を朝子は母と呼ぶようになった。陰のない明るい母だった。最初に会った時、朝子はこんな母が欲しかったのだと思った。いつも、怯えながら顔色を窺ったあの母を思い出すことはなかった。

戦後、南の戦地から復員してきた父は、母の実家に疎開していた母と朝子を連れて、そこから汽車で一時間くらいの炭坑町の「日本赤十字病院」の院長として赴任した。

石炭景気で沸きあがっていた町は、商店も病院も人で溢れていた。

大きな川の側に、コの字型に建てられた木造二階建ての病院の建物は、門を入って左側の棟が病室と診療所。ロータリーを挟んで向かい側の右側の棟の一階が朝子と両親の住居になっていた。木の塀の外側には、丈の高い数本の珊瑚樹が植えられていた。

二階は病院の先生やスタッフの部屋だった。突き当たりに食堂や料理場、風呂場などが並んでいる。その町では一番大きな総合病院だった。

まだ籍があった長崎大学の教授になれなかった父は、炭坑町の病院の院長になることは不服らしかった。

〈お父さんはねー、こんな炭坑町の病院の医者になる為に、戦地から生きて還ってきたのでは

ないのだ。大学で研究したい、ジャングルの中を歩きながら、そう思って、頑張って生きて還った〉

（では、何故大学で研究しないで、志願して戦地へ行ったの？　母と私を捨てて……、誰の為に行ったの？　お母さんは天子様の為に、と言ったり、女を追いかけて行ったと言ったり……）朝子はその言葉を心の中で呟くだけで、父に直接訴えることは出来なかった。

病院へは、よく炭坑事故の怪我人を戸板に乗せて周りを取り囲んだ五、六人の男たちが、大きな声で励ましながら、病院の門を雪崩《なだ》れるように走り込んできた。

患者は入院室では収まりきれず、廊下にも布団が並べられて、急な病室に代わることも度々あった。朝子は診療所の父に会いに行くときは、布団に寝ている患者の側をそっと歩いて行った。〈野戦病院みたいだ〉と父は言っていたが、それが嫌そうでもなかった。大学病院の偉い先生が町に来たと評判で、患者は日ごとに多くなった。父はこの町に馴染んだように見えた。

ある夕暮れ、暗くなった診療所の窓辺に父がぼんやりと立っていた。看護婦も事務員も帰って、その部屋には父の他は誰も居なかった。

父は手にした綺麗な鳥の羽根を、ガラス窓に翳しながらじっと見ていた。父が復員した時、カーキー色の大きな背嚢に入れて持って帰ってきた鳥の羽根だ。薄い灰色に黄色や紫の色が混じっている。灯を点けない部屋の中で、夕陽に染まって羽根が光った。

〈極楽鳥の羽根だ……ニューギニアから持って帰った。羽根の中の一筋の金色が、輝く未来を暗示してるように思ったりもした。大学へ教授として復帰できると思っていた。復員してすぐ学長に会いに行ったら、学長が言ったんだ、君は奥さんが大変だから、大学は無理だろう。言い返す間もなかった。既に教授になる候補は決まっていたのだ。そして故郷に近いこの炭坑町の病院を紹介してくれた。……こんな病院でお父さんが満足するはずはないよ。そう思うだろう〉

と後ろの朝子を振り向いた。父は朝子を大人の誰かと間違えて話していると途中まで思っていた。が、父は朝子に最初から語りかけていたのだ。母のことを話せるのは朝子と父だけだ。〈炭坑町のこんな病院で、終わって堪るか！　文《ふみ》が浦上の原爆で死んだだけで、もう沢山だ〉

父は原爆で死んだ兄のことを初めて朝子に言った。

母は父が復員してくる前から、〈お父さんは私と貴方を捨てて志願して戦争へ行った〉と深夜、朝子を突然起こして、秘密を打ち明けるように、朝子の耳元で何度か囁いた。

〈こんなこと、人に言っては駄目よ。天子様を恨んでるわけではないから〉その頃の朝子は〈志願〉して戦争へ行くことの意味も、天子様の意味も分からなかった。

長崎の大学から軍医として出征した後、母と朝子は母の実家へ疎開した。中学生の兄は長崎へ残って、八月九日、投下地点の浦上天主堂付近に居て亡くなった。〈マッチ箱の爆弾が浦上に落ちた〉と聞いて兄を捜しに浦上へ行って帰ってきた時から、母はもう以前の母ではなくなった。祖父母は〈お母さんは気が触れてしまった〉と朝子の前で嘆いたが、浦上に行く前の母と帰ってきてからの母が何故、変わったのかは分からなかった。

もう朝子の母ではない。母の心は、朝子の手の届かない遠い世界に行ってしまったのだと思った。誰がそのような母にしたのか、そして母の心は何処にあるのか、いつか大人になったら、偉い人に聞いてみたいと思った。

母は亡くなった兄のことは一言も言わない。兄を捜して歩いた焦土の浦上のことも言わない。あの焦土に母の心を置いてきたのだろうと、幼い朝子は自分に言い聞かせた。

父が復員して母は少し、昔の母に戻ったかに見えた。祖父母と一緒に父の復員の祝いの膳を嬉しそうに囲んだりした。

〈何処に行くにも連れて行ってもらわないと〉

祖父母は事あるごとに父に言った。父に母を置いて行かれることを恐れていることが、幼い朝子にも分かった。離婚されるのではないかと、祖母は朝子にも囁いた。

父が赴任した病院のある炭坑町の商店街は、駅前から坂道の両側に商店が軒を並べている。金物屋、うどん屋、陶器屋、そしてその坂の途中に「四国屋」と硝子戸に大きく書かれた旅館があった。商人が長逗留する商人宿だった。

朝子は夕方、その宿の前に立って、背中に大きな荷物を背負って帰ってくる人たちを見るのが好きだった。最初は怪訝な顔をした商人たちも、顔なじみになって、朝子に棒のついた飴をくれたり、おみくじをくれたりした。

〈可哀想に……、病院の院長先生のお嬢ちゃんやが、お母さんが頭がおかしくなって……〉と、女将は小さな声で言いながら、朝子の肩を引き寄せて抱いてくれた。

朝子が学校から帰ると、母は診療所が見える廊下に座って、戴きもののウイスキーを飲みながら、板のついたままの蒲鉾を齧っていた。母の視線の先には診療所の硝子戸があった。硝子戸に看護婦の白衣の影が揺れて見えた。

学校から帰った朝子を捕まえて、母は〈お父さんには女がいる〉と同じことをくどくどと訴えた。

父が復員してくる少し前、兄が亡くなった後から、母は朝子に集合写真を見せて小さな看護婦の顔を指で叩きながら、

〈この看護婦が赤十字従軍看護婦で戦争に行ったから、お父さんはこの女を追いかけて志願して行ったのよ。お母さんと貴方を捨てて……。天子様に申しわけない〉

母は浦上に落とされた〈マッチ箱の爆弾〉で死んだ兄のことを、父が復員する前も炭坑町の病院に来ても、一切言わなかった。

朝子は母がウイスキーを飲む姿を見ることも、母の愚痴を聞くことも嫌で、学校から帰ってカバンを玄関に置くと、そのまま商店街の雑踏の中を歩いた。

母は食事の支度をすることもなくなった。夜になると奥の座敷で絵を描いていた。どの絵も

女の裸の上半身像で首から上の顔がなかった。細長い首が画布の上まで真っ直ぐに描かれ、顔がない。同じような絵を何枚も壁に並べていた。なだらかな細い肩が母に似ていた。

母はいつか顔を描くだろうと、もし描くとしたら母に似ているだろうかと、朝子はそっと奥の部屋の襖を開けて壁に立てかけている絵を見ることがあった。何枚描いても顔がない。

食事は病院から運んでくるようになり、父は診療が終わると家に帰らなくなった。いつの間にか、父の部屋も診療所の角に作っていた。

商店街を上りつめた線路の脇に、酒場や料亭が固まって並んでいる一角がある。一番奥の三階建ての料亭の女将の所に、父は通いつめているという噂が朝子の耳にも伝わってきた。

〈奥さんが、あれではねー〉と町の人は父に同情的で悪く言わない。

ある冬の夕暮れ、神社の横の派出所の前を通ると、硝子戸の中に母の姿があった。母は黒い紋付の羽織を着ていた。道路に背を向け、前に座った警察官に、前こごみになって、しきりに何か訴えている。何を言っているのかは分からなかったが、何かよくないことが起こる前触れのように胸が騒いだ。朝子は母を連れて帰りたかったが、足が竦んで動けなかった。

間もなく母は出てくると、ちらと朝子を見ても見知らぬ人のように無視して、すたすたと坂を下りて行った。真っ赤な口紅を付けた母は、朝子にとっても見知らぬ人に見えた。

少し、時間を潰して帰ると、母は着物は着替えていたが、真っ赤な口紅は付けたままだった。

廊下のテーブルの前に座って、片方の手におにぎりを持って、黙って俯いていた。黒い髪を肩まで下ろしている。

兄を捜して浦上へ行って帰ってきたあの夏の日から、もう以前の母に戻ることはないのだと、それは父が復員してきても同じなのだと、白く化粧して、赤い口紅を付けた淋しそうな母の横顔を見ながら、朝子は母を自分の手元にひき戻す術も幼い自分にはないのだと悟った。

翌日の午後、昨日、母が派出所に居たことを、父に言わなければと思いながら、診療所の方へ朝子が行きかけた時、病院の門を足音を立てながら、三人の男性が入ってきた。一人は警官の制服を着ていた。母は奥の部屋に居た。母が連れて行かれるのではないかと朝子は恐れたがそうではなく、父に会いに来たのだった。間もなく三人の男性は帰って行った。

その夜、朝子は父から診療所へ呼ばれた。父が一人で入口の椅子に座っていた。

〈警察の人が来た？〉

母が派出所に居たことを、父に告げることが出来なかった。

〈明日、学校休んでくれないか〉

〈何故？〉

〈お母さんに付いていてくれないか？　出来れば家からお母さんを出さないでほしい〉

先程来た警察の人から言われたのだろう。

明日は天皇行幸の日で、朝子も日の丸の小旗を持って、生徒全員、道に並んでお迎えすることになっている。

〈明日は天皇行幸の日で、休めない〉

父は不意を突かれたように、〈そうか……〉と言った。

〈お母さんに警察の人が付くそうだ〉

翌日、朝子は川の道へ日の丸の小旗を持って級友と並んで、天皇をお迎えした。

黒い車がゆっくりと前を通り過ぎ、何台かの車が後に続いた。中の人は見えない。列を崩して、朝子も帰ろうとした時、朝子のすぐ前を黒い羽織を着た母が走りすぎた。白い足袋は泥で汚れている。一瞬のことだった。

周りの大人たちが母を追いかけた。警察の人も何人かが、ぱらぱらと母を追った。

〈お母さん！〉朝子は叫んだ。

〈お母さん！〉

だが、追いかけようとした朝子の足は竦んで動かない。人々に揉まれ、日の丸の小旗が道に落ちて汚れた。

朝子はその場にしゃがみこんだ。周りで大声で叫ぶ声がする。朝子は泥に汚れた日の丸の小旗をしっかりと握りしめた。

（お母さんを捕まえないで！　お母さんは天子様が好きなの。兄が浦上の原爆で死んでも、天子様を恨んではいけないって、言ったの……、お母さん！）

朝子は日の丸の小旗を握りしめたまま、心の中で叫んだ。母を追うことも、救うことも出来なかった。

その後、母は精神病院へ入院したと聞いた。家へ帰ることはなかった。あの日が母との別れだった。

何年か経って、病院を退院した母は、朝鮮から引き揚げてきた母の妹と一緒に、実家に近い山間の家で療養していると人伝手に聞いた。父とは離婚していた。そうとは知らないまま、朝子は父方の親戚に預けられていた。

あの日、天皇を追った母を追うことが出来なかった朝子は、それ以後も母を追うことが出来ない。あの道の側まで行くことすら出来ない。

あれから数十年経って、石炭景気が去った後の、あの炭坑町を訪ねたことがあった。人でごった返していた商店街は、ほとんどシャッターが閉じられていた。坂の途中にあった商人宿もなくなって、衣料品店に代わっていた。人も通っていない。父が通ったという三階建ての料理屋の建物も壊され、パチンコ屋になっていた。

あの頃の喧騒が嘘のように、静かな、寂れた町になっていた。病院も高台に大きくなって移転したと聞いた。

町を訪ねたその時も、病院があった川縁の道の近くまで行くことが出来なかった。母が走ったあの道を、遠くからでも見ることが出来なかった。炭塵で汚れていた道は、何処も綺麗な舗道になっていた。

あの日から間もなく、父は長崎大学へ戻ることが出来ず、関西の病院へ移った。再婚したこのときの女性とも、何年か経って離婚した。朝子はこれらのことはまったく隼には告げないまま隼と結婚した。


朝子の越したアパートはすぐそこにある。

花崎先生が〈足が竦む〉と言った舗道は意外な近さで、薄い闇の中で白く浮き上がって、朝子に迫ってくる。

隼との生活で、息苦しい閉塞感で、もがいていたのも、空虚さに耐えられなくなったのも、あの炭坑町の、天皇行幸の日の母のことを、全て覆い隠して生きていこうとした、朝子の罪への報いではなかったか。

泥で汚れた日の丸の小旗を握りしめて、黒い炭塵の道にしゃがみ込んで母を追うことが出来なかった朝子が此処にいる。

(お母さんは天子様が好きなのよ。捕まえないで！)と、心の中で叫んだ朝子が此処にいる。

あの時と同じ朝子だ。

周りの家々の灯が、白い舗道を照らし始めた。大きな樹の陰で、白い舗道がそこだけ陰って見えた。道の中程まで伸びた樹の枝が揺れた。揺れた枝と枝の間を透かして見ると、その向こうに炭塵で汚れた黒いあの道が続いていた。

三

朝子が高円寺へ越して三カ月経った。隼から荷物が届いた。

荷物を開くと朝子の薄茶色のスカートと分厚い茶色の封筒が入っていた。

封筒の中には手紙と古ぼけた少女の写真が一枚。下を向いて立っているその少女は朝子だ。豊かな髪が額を覆っている。

少女のセーターの腕に細い指が見えた。見えるのは着物の袖から出ている細い指、その先は破られている。母の指だ。

朝子は、指先とその細い指を見た瞬間、実母の指だと思った。この指は母の指だ。そして、この指は少女のセーターの腕を強く摑もうとしている寸前、その瞬間を撮ったものに違いない。誰に撮られたかは記憶にない。

母の指は細く長い。朝子が幼い頃、薄闇の中で、母はよく掌を反らせて自分の指をじっと眺めていた。すっと伸びた細い指は、白く光って刃のように見えた。その時の母は凍りついた硬い膜の中に囲まれているように見えた。朝子は声をかけることが出来なかった。母は、その細い刃のような指で時折、朝子の腕を強く摑んだ。無言のまま摑んだ母の指先は、朝子の皮膚に強く食い込む。いつも母は足音もさせず、近付いてきた。その時、母がどんな顔をしていたかは分からない。

朝子はその母の顔を見ることが出来なかった。下を向いたまま、母の手から早く逃れることばかり考えていた。ほんの、一瞬のことだったが、朝子にはその時間が無限に長く感じられた。朝子が大人にならない前に、別れなければならない予感が母にはあって、何度も強く朝子の腕を自分に引き寄せて摑んだのだろうか。

この写真を持っていたことも、この写真を破ったことも、朝子は忘れていた。撮られたその時のことさえも忘れていた。

分厚い茶色の封筒の中に隼の手紙が入っていた。

その後、元気ですか?

衣類はこちらの荷物の中に入っていました。

隼はスカートと書かずに衣類と書いている。朝子の生身を感じさせる表現を避けたような気がした。

このスカートを穿いた朝子を隼は思い出しただろうか。朝子は長めのこの木綿のスカートが気に入って、結婚した頃、家でよく穿いていた。その後、長い間、このスカートを何処に仕舞ったかさえ忘れていた。

隼は朝子の服装に無関心と思っていたが、朝子が結婚したての頃穿いていたこのスカートと知って送って来たのだとしたら、隼のことを見誤っていたのかも知れない。

朝子はスカートを手に取って眺めた。長い間穿いたことがなかったスカートだが、色褪せてもないし、洗濯したてのようにきちんと畳まれている。

手紙から朝子は目を上げた。どんなことが書かれているのか、先を読むのが少しためらわれた。

手紙は隼の新聞社の名前が入った二百字詰めの原稿用紙に書かれていた。升目はやや太めで青い色。

鉛筆で書いている。隼の字は、隼そのものから受ける神経質な印象とは違って大らかな字だった。

朝子は隼の字が好きだった。結婚した最初の頃は、隼が書いた小さなメモも取っていた。そのメモの字も鉛筆だった。

新聞の原稿は鉛筆で書くので、多分、この手紙も仕事の合間に社の自分の机で書いたのだろう。

隼との間に会話がなくなって久しかった。

そして会話そのものが最初からなかったように、朝子は思っていたが、初めの頃、隼は社の仕事の内容や、周りの様子を話してくれていた。

久しぶりに早く帰って来た隼が、夕食の準備をする朝子の背後に立って話すと、締め切りに追われる新聞社の臨場感が迫ってくるように感じられたものだ。隼が手に持った刷りあがったばかりの早版の夕刊のインクの匂いが微かに周りに漂った。

隼は背広のポケットに尖った芯が出た鉛筆を、何本も挿したまま帰宅することがあった。朝子は夫の上着をハンガーに掛けながら、社名の入った灰色の丸い鉛筆を手に取って、自分が原稿を書きでもするように握ってみることもあった。新聞に載る文章が、その鉛筆の先から生み出されていく感触を、今自分が体験しているかのような気持ちになることさえあった。が、その実感はすぐ泡のように消えていった。

背広のポケットから出して朝子が机の上に並べた鉛筆を次の日の朝、隼は鷲摑みにして、またポケットへ入れて社へ出かけて行く。臨場感が去っていって、後は怠惰な時間が朝子と一緒に残された。それが朝子の日常だった。

学生時代僕が使っていた実家の部屋に、君も知っている玄関横の六畳の部屋だ……、荷物を入れて、最初の段ボールを開けた時、一番上にきちんと畳まれた君の衣類が入っていた。

隼の実家は玄関を間にして、応接セットを置いた洋間とその反対側に畳の六畳の部屋があった。

その畳の部屋が隼が学生時代使っていたという部屋だった。窓からは八手の大きな葉と白い花が見えた。朝子が隼の実家に泊まるときは、隼と一緒にその部屋で寝た。部屋の隅に、質素な机と木の本箱がそのまま置かれていた。

実家に帰った隼はあの部屋を使うのだろう。庭に囲まれた平屋の家には隼の両親が住んでいる。朝子は初めも終わりも舅にも姑にも親近感がわかなかった。

隼と別れる時も挨拶もしないままだった。


それを見た時、突然、ある写真を思い出した。

君と結婚して間もない頃、ごみ箱に捨てられていた写真だ。

僕が拾って社の机の引き出しに入れたままになっている写真だ。

長い間見たことはないが、今もあるはずだ。

急に、その写真のことが気になって、そのまま、社に行って机の引き出しを探した。

机の引き出しの奥から、半分に破られて、ごみ箱に捨てられていた写真が出てきた。最初に見た時と同じように薄茶色に変色している古い写真だ。

この少女は、多分君だと思う。

それは再び写真を見た時も、最初見た時と同じように少し自信がない。が、君だ。

君は少女の頃、こんな暗い顔をしていたのか。全く違う少女のようにも思える。

そして、思い出した。

僕と結婚する前、これに似た君の表情に捉えられた気がした時があった。僕といる時も、周りに誰もいないように、遠くを見ている時があった。若い女性とは思えない暗い表情を見せる君に魅かれた記憶がある。その表情の奥に何かがあるような。

写真の少女を見ながら、その時の僕の気持ちを思い出した。

結婚してみると、意外に君はいつも明るかった。あの時の表情は少しも窺えなかった。

時折、君の明るさに拍子抜けがする時さえあった。

電話で君のお母さんと話している君を見ると、母と娘はいいものだなと笑みがわいた。

君と明るく話していたお母さんが義母だと知らなかった。君の戸籍謄本を見るまでは……。

戸籍謄本を取った経緯は説明したくない。僕の母がしつこく言ったのが主な理由だが、時々、君の過去に何かがあるような気がしたことも事実だ。

あんなに君と仲良く話しているお母さんと何故お父さんは離婚したのか。

お父さんは大病院の院長を辞めて、何故田舎へ帰ってしまったのか。あれほど自信満々で、大病院でも医師会でも君臨していたお父さんだ。隠棲するには早すぎる。田舎の医者で終わりたいなどと言うのは、きれいごとすぎると思った。

何もかもそぎ落とさなければ、生きられない何かが過去にあったのか。贖罪ではないか、とも思った。何に対する贖罪かは分からない。

君と別れた後、お父さんに電話をした。〈世話になった〉と、そして遊びに来てくれと最後に言った。

お父さんは、いつか僕たちが別れることを予感していたのではないかと、電話を切った後思った。


姑のいつも朝子を下から見上げて探るような眼を思い出した。朝子にとっても、隼が戸籍謄本を取った経緯は今はどうでもいい。そのことを知らなかった自分が恥ずかしいだけだ。隼から見れば、芝居をしているように、嘘に見えただろう。朝子の全てが。

有楽町で、隼の上司から、夫が朝子の戸籍謄本を見たと聞いた時は衝撃を受けた。が、今はその衝撃はない。

朝子は隼と暮らしていた間、明るく見えたのだ。それは朝子にとって意外だった。振り返ってみても明るかった自分を思い出せない。心の中はいつも鬱々として疲弊していた。

老いた、衰弱した表情をかつて見たと思ったのは、僕の錯覚だったのか。

ごみ箱に捨てられた写真を拾って持っていたのは、いつか見た君の表情をその写真が写していると思った所為《せい》かも知れない。

この少女が君なのか。確かに君のはずだ。

君に確かめたいと思いながら出来なかった。そして忘れていった。

考えてみると、君は幼い頃のことを、僕に話したことがない。

この町が何処なのかも分からない。

この写真の半分は誰かの手で破られている。

多分、写真の半分に君のお母さんが写っていたのではないか。君の本当のお母さんが。

少女の腕に着物の袖がかかって、袖から出た細い指が見える。君のお母さんの指だと思った。君の指と似ている。

君が話したことも、僕が会ったこともない君の実母が写っていたに違いない。半分に破られた写真を見た最初の時も、そして、机の引き出しから写真を取り出して再び見た時も、その思いは同じだった。

この写真は君に返した方がいいと思う。

捨てたのは君だから、却って迷惑かも知れないと思ったが、君に持っていて欲しい。そして、この写真は複写して、一枚は僕が持っていようと思う。

僕が持っていても、意味がないとは思ったが、やはり手元に置いておきたい。結婚してからの僕らの写真は君が処分したのだろう、一枚もない。

朝子の指が写真に写った手に似ている、と隼は書いているが、それは違う。朝子の指は太く短い。実母の指と全く似ていない。隼は朝子の指がどんな指なのか忘れてしまったのだろう。いや、初めから朝子の指がどんな指か知らないままだったに違いない。

朝子は無骨な自分の手が嫌いだった。

幼い時は、男の子の指のようだとからかわれもした。今も人前で手を出すのを、出来るだけ避けている。朝子のコンプレックスになっている。

父が再婚して朝子にとって継母になった人は〈私の指と同じね〉と自分の手と朝子の手を比べて見せて喜んだりした。朝子の指はなるほどこの継母の指とそっくりだった。朝子も〈同じねー〉と何度も比べて、何故か安心したりもした。つながりのない母だとは十分知っていたが、この母が本当のお母さんだったらいいと思った。本当の母なのではないかとさえ思った。

実母は指も朝子と似ていないし、色が白い朝子と違って黒い。似ているところが思い出せない。

背後に橋と川が見える。

風が吹いている。

黒い土が盛り上がった、草一本も生えていない土手に立って写っている。髪は風に揺れて、君は風に逆らうように足を踏ん張って立っている。
足元は切れていて見えないけれど、そう見えた。

多分、風に逆らって立っていたのではない。あの時は母から逃げてはいけないと足元に力を入れていたに違いない。

指先が朝子の腕に掛かっている。多分、強く握り締める寸前だ。母はよく、朝子の腕を無言で強く握った。逃げる朝子を逃がすまいとでもするかのように。

その時の思い出はほとんど消えている。いや、朝子が消してきた。が、時折、腕に母の指の感触が甦ることがあった。

多分、この日から間もなくだった。母は天皇行幸のお召し車を追って、写真に見えるこの川に飛び込んだのだった。

天皇行幸を日の丸の小旗を持って並んで迎えていた小学生の朝子は足が竦んで、大きな声で叫びながらも、まるで手負いの獣を射止めたかのように母を追いかけていく人々から、母を救うことが出来なかった。

母は川からは助けあげられたが、その日から朝子の前から姿を消した。母を精神病院に入れることで、父が頼んで警察沙汰になるのを免れたと、後で風の便りに聞いた。そのことが事実かどうかも分からない。直接母のことを教えてくれる人は父をはじめ何処にも一人もいなかった。

朝子も聞かなかった。どんな答えが返ってくるのか恐かった。たとえ、どんな答えが返ってきても朝子の気持ちはあの母から逃げていただろう。

この川のある町で君は少女時代を過ごしたのだろうか。

隼の手紙を読んでいると、記憶が少しずつ甦ってきた。

この写真の母を破ったのは自分自身だ。

たった一枚残っていた母の写真を結婚する時、本の間に挟んで持ってはきたが、ほとんど眺めることはなかった。

ある日、不意にこの写真が本の間から出てきた。

炭塵で黒く汚れた川が流れていた町に住んでいた頃の二人だ。戦後間もなく、母と小学生の朝子だ。

やはり似ていない、と朝子は写真の指と自分の指を見比べて、そう思った。が、挑むような母の眼と、きつく結んだ母の唇、歯を食いしばって尖った両顎を見ているうちに、あの町で、いつも切羽詰まった表情をしていたあの母は、朝子の本当の母なのだ。ただ一人の母なのだ。

挑むような眼もきつく結んだ唇も、食いしばった両顎も間違いなくあの頃の朝子の心の内側をそのまま表している。

下を向いて無表情な暗い顔にすぎないが、朝子の心そのものを母が直截に表していた。母と違って、朝子はいつも怯えていた。周りの人に怯えていた。と同時に周りの人に身構えてもいた。この母に危害が加えられるのではないかと。

写真の面に現れた表情はそれぞれに違う。そして朝子と母の顔も指も少しも似ていないが、あの頃、朝子と母は同じ心で生きていたのだった。

あの時までは母と朝子は一体だった。それは母と朝子の掛け替えのない二人の時間だった。

写真を見ているうちに涙が噴き出した。

この辛さに耐えきれない。この母を見る辛さに耐えられない。あれほど強く朝子の腕を握りしめていた母を捨てた自分に耐えられない。

あの後、父が再婚した義母と父と三人で笑いながら食卓を囲むことが日常だった。

あの頃、母はどうしているか、などと考えたこともなかった。会いたいとも思わなかった。

義母は淡い色のきれいなワンピースを朝子の為に何枚も作ってくれた。〈お父さまが、あの娘は淡い色が似合う、と仰って〉と義母は言った。

手縫いで布団も新しく作ってくれた。こんな暮らしがしたかったのだと、朝子は何度も思った。これが家庭だと、朝子が夢見た家庭だと。

美しい義母が学校の参観に来てくれることも、運動会に重箱にご馳走を詰めて来てくれることも級友に誇らしかった。今まではお手伝いさんが来てくれていた。

あの母を思い出したくない。朝子の心も体も切り裂く母を思い出したくない。「あの日」もあの町も思い出したくない。

そして、発作的に写真の母を破って捨てた。

後で考えればあの時から、怠惰で空虚な時間を、朝子は自分自身の手で選んだことになる。あの母さえ忘れれば、父と義母との三人の楽しかった、あのような暮らしが出来ると、隼と作ることが出来ると、朝子は心の隅で考えていた。

誰から強いられたものでもない。その時から隼との家庭は既に崩れ始めていたのかも知れない。

隼の手紙は続いている。長い手紙だった。

結婚前もそれからも朝子は隼のこれほど長い手紙を読んだことがない。隼の手紙を読みながら、彼の息遣いが聞こえるようだ。短く、ぽつぽつと切れているような文章だった。

破られた写真の半分に君が本当に言いたいことが隠されている気がする。

君は実母のこと、あの町のことを僕に話したかったのではないか。

あの町で何があったのか。

君の本当のお母さんはどうしたのか。

僕が話す相手ではないと君が思った時、僕との暮らしが意味のない瓦礫に思えたのではないか。

君が高円寺を選んだ理由もそこと何か関係があるのだろうか。

最近、知人によく聞かれる、何故別れたのか、と。


そこで手紙は突然終わっていた。後の半分には何も書かれていない。空白だった。朝子の名前も、自分の名前も書いていない。

途中でぷつんと終わった手紙は、最後の文章だけは急いで言わねばという、隼の気持ちが表れているようでもあり、言いたいことは言ってしまった気持ちの表れのようでもあった。

この手紙は隼が書いた手紙だ。間違いなく隼の手紙なのだ。だが、共に暮らした隼が遠い人に思える。この手紙は別人が書いた手紙に思えた。

朝子は本当の隼を知らないまま別れたのではないか。隼も朝子と同じことを考えているのではないか。

朝子は手紙を持ったまま、部屋の中で立ち竦んだ。

そうだろうか。朝子はあの町と実母のことを本当に夫に話したかったのだろうか。

あの町で何があったのか話したかったのだろうか。

そんな切実な気持ちは朝子にはなかった。隼との生活の中で実母のことも、あの町のこともほとんど思い出すことはなかったのだから。

それは、違う。話したかったのではない。話す相手を探していたのではない。封印したまま生きていける人を選んだのだ。隼は都会人らしく、こちらに土足で入ってくるようなところがなかった。むしろ、一歩下がって距離を置くところがあった。そのことが朝子には都合がよかったのだ。

手紙では一歩も二歩もこちらに踏み込んでくる。朝子の知っている隼ではなかった。現実に距離を置いたことで、隼が逆に朝子に近づいてきたことは皮肉に思えた。

深い霧の中に迷い込んだように、先の見えない道の中で踏み迷ったように、隼の手紙は朝子を不安の淵に追い込んだ。

霧の中から朝子が思いもしない何かが不意に現れて、迫ってきそうな気がした。

〈暴かないで欲しい〉

誰にともなく朝子は呟いた。

実母の消息は朝子へは聞こえてこない。生きているのか死んでいるのかさえ分からない。聞こうと思ったことはなかった。

〈そんな娘が許されるはずはない〉

そんな声が聞こえてくる。自分自身の声だ。

近くの環状線を走る車の音が、部屋を突き上げるように聞こえてくる。

その時、朝子は不意に思い当たった。

隼の実家は、朝子が越してきたこの高円寺から中央線で三つ先の駅の町だった。

そのことを朝子は今まで気にとめなかった。

花崎老人が立ち竦むと言ったあの「白い道」は隼の実家のすぐ側を通っている。その「白い道」の傍らにいると、怠惰な暮らしから離れられでもするかのように、朝子はこの高円寺を選んだ。

高円寺にはゆきさんの店「ボア」がある。色が白く、ふっくらとした頬のゆきさんが笑うと、夕顔が開いたように華やかに見える。

〈ゆきさんみたいな人がお姉さんか、お母さんだったらよいな〉

と酔った朝子がカウンターの中のゆきさんに言ったことがあった。言った後、急に自分が嫌になった。一瞬、あの母を思い出しそうになった。朝子はあの母以外なら誰でもよかったのだ。

朝子は今まで何人もの中年の女性に、そう言ってきた。

〈もし子供が出来ていたら、丁度、朝子さんくらいかな〉

ゆきさんは他人事のようにさらりと言った。

朝子は怪訝な顔をするゆきさんを置いて、すぐ店を出た。

隼との暮らしは、生き生きと仕事をする隼と正反対に、だんだん生気をなくしていった。ただ、ただ空虚だけになっていった。そこからどうすれば脱出できるのかも分からなかった。

荷物を分けて別れた時、住む土地もこれで右と左に遠く別れることになったといったんは思った。

〈知人によく聞かれる、何故別れたのか〉と隼の手紙には書かれていた。

何故別れたのかと、問いかけられても朝子自身明確な答えは出来ない。

こんな近くに……。

夫と暮らした郊外のあの団地を出て、でも朝子はまた夫の近くを選んでしまった。

朝子は隼の手紙を持ったままアパートの階段を降りた。

隣の酒屋はシャッターが閉まっていた。今日が日曜日だと気付いた。

不安な気持ちの時に向かう先はゆきさんの店「ボア」しかない。

部屋に一人で居ることに耐えられなくて、階段を降りて来たのだが、日曜日は「ボア」は休みだ。

朝子は行くところも、今の不安な気持ちを話す相手もいない。

夕暮れが近く、周りは薄い闇が広がっていた。

階段を降りた所にある外灯のスイッチを入れた。外灯は鈍く足元を照らし始めた。その灯の輪の中に朝子はしばらく立ち止まった。何処へ行けばいいのか。

朝子は駅と反対の方向へ歩いた。すぐ近くにあの「白い道」がある。越してきて、朝子はまだ一度もこの道を横切ったことがない。気がつくと横断歩道の前に立っていた。

これまで感じていたこの道から受ける圧迫感は今はもうなかった。朝子にはただの白い舗道に見えた。

あの時、花崎老人から、虐殺された同志の遺体が警察から帰ったと聞いて、明け方この道を走ったと聞かされた時の、あの身体全体が震えるような緊迫感も今はなかった。

花崎老人はこの道の前に来ると、今も足が竦むと言った。

舗道の横の布団屋も大きな木戸が閉まっている。閉まっていることで朝子はほっとした。

越してきて間もなく、この店で、持ってきた掛け布団の綿を打ち直して、表地も新しく仕立ててもらった。鮮やかな緑の表地を選んだ。

出来あがる約束の日、朝子は布団を取りに行った。

支払う時になると、代金が少し足りなかった。

〈足りない分は、後で持ってきますから〉

と朝子は言って、大きな風呂敷で包んでくれた布団を持ち上げようとした。

〈困ります〉

とその店の番頭らしい中年の男は、朝子の手から布団の包みを取り上げた。

朝子には思ってもみないことだった。わずかな不足の代金だ。

〈いつでもいいですよ〉

と言ってくれると、当然、朝子は思い込んでいた。

今まで、朝子はこんな拒絶に遭ったことがなかった。

茫然として、大きな風呂敷包みから手を離した。

幼い頃も、結婚して団地の近くの店でも、代金が不足していて、〈また後で買いに来ます〉と品物を置いて帰ろうとしても、〈いつでもいいですよ〉と、むしろ、品物を押し付けるようにして持たせてくれた。

朝子にはそれが普通のことだった。

今までは大新聞社に勤める夫がいた。幼い頃は病院の院長の父がいた。でも、今は朝子一人、周りに力のある人はいない。

不足の代金は単行本一冊分くらいだったが、それさえ自分の力では借りることが出来ないことが情けなかった。

急いで部屋に帰って、月末の家賃の為に残していたお金を持って布団屋に引き返した。

朝子が無言で代金を、お釣りが要らないように、きっちり差し出すと、先程、渋い顔をして布団を渡さなかった男は、丁寧にお金を数えた。

〈表地が一級品ですからね〉

と笑いながら言った。お前には上等過ぎると言っているように聞こえた。

布団は先程の大風呂敷から紙に包み替えられていた。風呂敷は布団屋のものだった。風呂敷さえ貸す気はないのだろう。

夫と別れる時、経済的なことはほとんど考えなかった。越して間もなく、自分の甘さに朝子は気付かされていた。給料から家賃を払うといくらも残らない。とっていた新聞を止め、ビール瓶も溜めて売りに行って凌いだ。高円寺の駅の側にある大きな古本屋に本を何度も売りにも行った。

有楽町の喫茶店で、隼の上司の大賀から〈社の為に離婚しないで欲しい。彼は社にとっても大切な記者だから〉と言われた時は、〈夫に比べて自分には何の力もないのだ〉と屈辱に身体が凍りついたが、本当に自分には世間に通用する何の力もないのだと思い知ったのは、夫と別れてからだった。

布団の包みは大きさの割にはさほど重くはなかった。道を行きから人がみんな朝子を蔑んでいるような気がした。

朝子はばさばさした紙に包まれた布団に、顔を埋めるようにして、布団屋の横の白い舗道からアパートまでの道を歩いた。

これからはあの白い舗道まで来ると、この日の情けない自分を思い出すことになるだろうと思った。

朝子はゆきさんの家に行くのは初めてだった。横断歩道を渡った。

この道が隼の家の側まで続いているのだと思いながら、朝子は白い道の行く手を眺めた。大きな樹の陰に隠れるように建っている、二階建てのアパートの階下の部屋がゆきさんと佐方先生の部屋だ。

〈二間で狭いのよ〉とゆきさんは言ったことがある。その狭さを嘆いている風ではなかった。ゆきさんは、どんな貧乏話をしても、貧しさを感じさせなかった。

朝子のアパートもゆきさんのアパートにも風呂はない。

日曜日には誘い合って、ゆきさんと銭湯に行くことがあった。銭湯は白い舗道のこちら側にある。

佐方先生は、午後早く銭湯が開くと同時に行くのが好きだと言っていた。今日は日曜日なので、二人とも銭湯から帰っている時間だろう。

酔った佐方先生をゆきさんと二人で抱えて白い舗道の手前まで送って来たことはあったが、横断歩道を渡ってゆきさんのこのアパートまで来たことはなかった。

急に訪ねることが迷惑なことは分かっていた。佐方先生は酔っている時以外は家ではいつも本を読んでいると聞いていた。

ゆきさんは〈お勉強中よ〉と〈先生は家に居る時、いつも何をしてるの？〉と聞いた朝子に笑いながら答えた。

日曜日の今日は、先生は銭湯から帰って飲み始めているだろうか。

朝子はしばらくゆきさんの部屋のドアの前で立っていた。

やはり、突然訪ねるのはためらわれた。だが、他に行くところがない。

階下には二部屋あった。ゆきさんの部屋は手前だ。小さな外灯がドアを照らしている。

部屋のドアに「佐方」と白い紙に横書きで書かれた小さな表札が貼ってあった。

ドアの横には呼び鈴はない。耳を澄ましても中からは物音も声もしない。中は無人のように静まり返っていた。ドアの横の小窓から薄明かりが漏れていた。朝子は思い切ってドアを叩いた。中からの応答はない。

もう一度、今度は強く叩いた。急に、中からドアがそっと開いた。ドアの間からゆきさんの白い顔が覗いた。

朝子を見ても吃驚した顔をしなかった。

「いらっしゃい……」

朝子の来訪を予期していたわけでもないだろうが、ゆきさんは店で朝子を迎えるときとあまり態度は変わらなかった。

ドアを開けると、狭いたたき、そしてその奥のテーブルに佐方先生がこちらを向いて座っていた。

朝子はゆきさんの後に付いて、佐方先生の座っているテーブルの前まで進んだ。キッチンの横の小さなテーブルは佐方先生が座ると一杯の感じだった。

「おっ……」

佐方先生は朝子へ掛け声のような声をかけた。こういう声をかけるときは先生の機嫌がいい時だ。朝子はひとまずほっとした。

「済みません、急にお邪魔して……、先生お勉強中だと思ったけど……」

佐方先生のテーブルの前には、ウイスキーの入った大ぶりのグラスとその横に洗面器が置いであった。中には乾いたタオルが入っていた。

「……いや、いいんだ」

「まだ、お風呂へは？」

「……丁度行くところだった。あまり酔わないうちにと思ってな……」

酔わない先生は無口だけれど、今日はそうでもなかった。

「……何だか、先生、ご機嫌に見える。いいことありましたか」

ゆきさんは朝子の為にグラスを持ってきて、店と同じようにウイスキーを炭酸で割ってくれた。

「あのね、神田まで行って帰ってきたところ……」

「神田へ？　先生が？」

隣の部屋にスーツがかかっている。脱いだばかりのように見えた。

「今年からね、主人は神田の学校の講師になるの」

「そうだ。今日、書類持って行ってきた」

「大学の？」

「専門学校だったかな？　電機工業専門学校……、あれ大学か？」

先生は楽しそうにゆきさんに聞いている。今から講師に行く学校が専門学校か大学かも先生は知らない。

「知りませんよ。書類をみたら分かりますよ」

ゆきさんものんびりしたものだった。

「あー、良かった」

朝子は心から喜んだ。これで定期収入が入る。月末になるとゆきさんは店とアパートの家賃の心配をしていた。

「事務方が言ったぞ。先生、本当の日本文学を学生に教えてください、と」

「古谷さんが紹介してくれたの」

ゆきさんは古い編集者の名前をあげた。小柄な初老の古谷さんを時々「ボア」で見かける。出版社を辞めた後も、自宅は千葉にあるのにわざわざ訪ねてきてくれると、ゆきさんは感謝していた。

〈書けなくなったらね……、誰も寄り付かないわよ〉

あまり人の悪口も愚痴も言わないゆきさんが時折、激しい口調で言うことがあった。ある文学賞をとって世に出たばかりの、若い作家に付いて「ボア」にきた編集者も、カウンターの下の小さな椅子に座っている先生には見向きもしない。

〈この店、何とかという作家の奥さんがやってる店だって？　何という作家だったかな〉

と生意気な口調で言う編集者もいた。

朝子は先生の顔を見ることが出来なかった。もし、朝子が男なら腕ずくで店から摘みだすぞ、と思ったものだ。

〈そうか、書けなくなったらお終いか〉

朝子は書けなくなった先生しか知らない。

「先生、今日は乾杯だね」

朝子は今までの陰鬱な気分を忘れた。此処に何をしに来たかも、どうでもよくなった。隼の手紙はポケットに入れている。

先生とゆきさんと朝子はグラスを合わせた。いいことが巡ってくるような気がした。

「それが、困ったことがあるんだ」

「何？　困ったことって、何？　先生……」

先生は困ったことと言いながら、あまり困った様子でもない。

「いくら給料をくれるか知らないんだ」

「えっ、知らないんですか。今日、書類を持って行ったときに言わなかったんですか」

「うん……、ただ、受け取って、事務員が本当の日本文学を教えてください。そう言って深々と頭を下げたので、帰ってきた」

「日本文学を教えるって言っても、先生、電気の関係の学校でしょう？」

「……電機大学か専門学校、それは確かだ」

「本格的な日本文学って」

（先生の話が学生に分かるだろうか？）という言葉は抑えた。

先生の文学の話はいつも本格的で難しい。先生はドストエフスキーの話をよくしてくれた。

（学生に分かるだろうか）朝子は一抹の不安を覚えた。

「おめでとうございます」

と不安を打ち消すように、また先生とグラスを合わせた。

「だからさー、学校へ行って聞いてくれないか。朝子さん、報酬はいくらでしょうか、と。自分で聞けないんだ」

「馬鹿なことを」

ゆきさんが笑いながら言った。

「嫌ですよ、そんなことを聞きに行くのは……」

朝子も笑いながら言った。

先生はゆきさんと結婚した時、確か図書館に勤めていたと聞いたことがあったが、それ以後、すぐ職業作家になったのだろう。勤めた話は聞いたことがなかった。書かなくなった今はゆきさんの店の収入だけで暮らしているはずだ。

「早く、銭湯に行った方がいいわね」

ゆきさんが言うと先生は立ちあがって、朝子に笑って出て行った。

隣の部屋は襖を開けていた。壁一面に本棚、そして窓に向かって大きな座り机。机の上には原稿用紙とその横に万年筆と辞書。本棚の一番下にドストエフスキー全集が並んでいた。

いつもゆきさんが話してくれる通りの先生の書斎だった。

あまりにもその通りの書斎だったので、初めて見たとは思えなかった。

「ゆきさんは？　お風呂は？」

「いいのよ、今日は止める」

多分、朝子が何か話があると思ったのだろう。朝子の方は先程の先生の講師のことで、気分が変わっていた。やはり、嬉しかった。

「講師は一年ごとの契約なのよ。主人に長く勤まるとも思えないわ」

「でも、一年でもいい。定期収入があることは、ゆきさん、安心よ。いつも月末はらはらしてる」

そんなゆきさんを見るのは辛かった。佐方先生は戦後すぐ、作品を沢山書いた時期があったと聞いている。ゆきさんは養女だと聞いている。収入があまりない佐方先生との結婚を養父母から反対されて家出同然で一緒になったと聞いたことがあった。

「いつか、朝子さんに言ったことがあったわね。貴方と同じ年頃の子供があってもおかしくないって」

「うん……、聞いたことがある」

「丁度、貴方が生まれた年にあたしたち、結婚したのよ。子供が生まれにくいって、ちょっとした手術したの、子宮の……主人が見舞いにきて、もう大丈夫よ、今度はあなたがしっかりしてね……って言ったりして……、でも出来なかったのよね」

朝子は自分が流産したことを言ったことはない。

「朝子さん、子供ないまま別れたのよね……、もう離婚届出したの？」

「……出してないの……」

離婚届はそのままにしている。どちらが書いたらいいのかさえ分からない。

手紙の中でも隼は離婚届のことには触れていない。

「丁度、貴方の年くらいの時に、別れようと思って家出したの。そのことを題材にして主人は小説を書いてるけど、違うのよね、小説だから事実と違ってもいいのだけれど、私の心の中はまるで違うのよね。別れようと思った動機など少しも分かってないなー、とその小説を読んで思った」

どうして別れようと思ったのかは聞かなかった。

「養父母の面倒は見なければならないし……、今考えると何が原因かさえ自分でも定かではないの」

その時、別れていればよかったとは思わなかったか、と朝子は聞きたかった。

「高須さん、いよいよ駄目だって……、主人も体調はよくないの……、肝臓が以前から悪くて、あれだけ飲めばねー。十年前ぐらいまでは高須さん、いろいろ激励もしてくれていた。編集者にも紹介してくれて……あいつは駄目だ、アルコールで駄目になったって、周りの人にも言ってるらしい。学生時代からの親友だから……私が別れる話をした時も、主人は高須さんの家に行っていたの……戦後間もなくよね……、あれから随分時間が経つわ」

「それから先生、書きだしたのよね、頑張って……」

「人さまが覚えていてくれる作品が二、三作はあるから、いいかな、と思ったりして。店にも小説書いてる人沢山くるでしょう」

そのほとんどの人が作家として世に出ることが出来ない人たちだ。中には一度世に出て、今は全く書いていない作家もいる。

「別れることも出来なくなって……。そんなこと考えもしないのよね。別れるとか、別れないとか。まだそんなことを考えるときは余裕があるような気がするの」

作家が書けなくなるのは、何もかもはぎ取られていくことのような気がした。

「でもね、もう一度書いて欲しい……、あたしが働いて生活を支えることは何でもないの。ただ、書いてほしい」

隣の部屋の机の上の原稿用紙は白いままだった。ゆきさんは毎日、いつでも書き始められるようにきれいに原稿用紙を揃えていると言っていた。

隼が社会面に続きものが決まった時、二人でビールで乾杯してお祝いをした。朝子は本当に嬉しかったのだが、高揚した隼を見ながら冷めていった。喜びは私のものではなく、隼自身の喜びだと思った。

もう一度先生が小説を書くことはゆきさん自身の喜びに違いない。書けなくなって、収入もない先生を支えることをゆきさんは当然と考えている。朝子には出来ないことだと思った。

「それが夫婦なのよね」

先生は流行作家にはなったことはないけれど、毎月、月刊誌に作品が掲載された時代もあったと聞いている。その頃のことをゆきさんは話したことがない。この高円寺の家は何度目の引っ越しだろうか。

「別れた夫から手紙が来たの」

ゆきさんは黙って朝子を見た。

「違う人が書いた手紙のようだった。何も知らなかったの。彼のことを……。彼が何を考えていたのか、どんな人なのか、彼と暮らした家庭は何だったのかと思った。そもそも家庭といえるものだったのだろうかと」

ゆきさんは黙って聞いている。

朝子はゆきさんの白い顔を見ながら、朝子を産んだ頃の母はどんな母だったのか知りたいと思った。

四

佐方先生はなかなか帰ってこなかった。

「先生、お風呂遅いのね」

「多分、居酒屋へ寄ってるわ」

「洗面器を持ったまま？」

朝子は、銭湯の帰り、佐方先生が洗面器を横に置いて、居酒屋で酒を飲んでいる姿を想像すると、何となく羨ましい感じがした。自由に見えた。

「……格好いい……」

ゆきさんは、ふふ、と満更でもなさそうに小さく笑ってキッチンに立った。

今までの朝子の周辺にはそんな人はいなかった。朝子は襖が開いたままの隣の部屋を眺めた。

佐方先生の書斎だ。

佐方先生は洗面器を持って銭湯に出かける時、隣の部屋との境の襖を閉めようとした。

〈開けておいて〉とゆきさんが言ったので、先生は閉めないで出かけて行った。あまり、書斎を見せたくなさそうだった。朝子も先生が居る時は、見てはいけない気がして、あまりじっくりと書斎は見なかった。

先生が出て行って、ゆきさんがキッチンに立った後、開いた襖の間から書斎の机を眺めた。作家の机を近くで見るのは初めてだった。最初この部屋に入って来た時は、書斎の壁一面の本棚の本の数に吃驚した。

大きな座り机の上には、何も書いていない原稿用紙。緑色の罫線だけが、白い空白の升目から浮いて見える。

原稿用紙の横に黒い万年筆、インク壺、辞書。そして、先程は気がつかなかったのだが、インク押さえの道具があった。インク押さえの道具とは珍しいものだったが、書いたインクの字が惨まないように押さえる道具だと、すぐに気付いた。何処かで見た道具だ。桃色の吸い取り紙が曲線を描いて取りつけられている、緑色の木の道具だ。朝子に遠い記憶が甦った。

あれは、炭坑の町の病院の書斎で、父が使っていたのと同じインク押さえだった。

あの町の記憶を朝子は消そうとして生きてきた。時折、甦るあの町の暮らしは、父母と朝子の三人だけが、澱みの中でそれぞれが沈まないように足掻《あが》いていたようにも思える。病院は炭坑事故で担ぎ込まれる患者などで、一日中喧騒に包まれていた。若い医師を従えて、精力的に

〈私が産んだ記憶が消えたら、どうなるのだろう。母親になったことさえ証明できない。周りから、私が娘を産んだのではない、と言われたら、どうしよう。あんたが産んだんじゃないよ、と言って娘を連れて行かれそう〉

〈ちゃんと戸籍に載ってますが〉

ひろおばさんは、怪訝そうに母を見た。

〈戸籍？　戸籍なんて……〉

〈戸籍なんて……〉と母は言いながら、少し笑った。乾いた笑いだった。

〈自分が産んだという記憶が消えるのが恐いの……、娘を何処かへ連れて行かれたらどうしよう？〉

この頃から、母の異常さが目につくようになった。

病院の看護婦たちは〈気が触れた〉と母のことを噂したが、朝子に接するときは、いつもの母だった。原因は父に女が出来たことだと言う人もいたし、息子を亡くしたショックだと言う人もいた。

ひろおばさんは、憐れむように、母の背中をさすっていた。

〈そんなこと考える母親なんていやしない〉

〈お母さんのところまで、走ってきて！〉

と朝子がもっと幼い頃、母は廊下の端に立って、大きく腕を広げて、真向かいにいる朝子へ、呼びかけることがあった。いつものことなので、面倒くさい朝子は走らないで、ゆるゆると母に近づくと、朝子の身体を上から覆うようにしっかりと抱きしめた。

朝子が何処に居ても、自分の懐へ必ず飛び込んでくると母は思いたかったのだろうかと、幼い朝子は漠然と母の腕の中で思った。

自分の元から、朝子が離れて行く、何処かへ去って行ってしまう、その予感に母は怯えていたに違いない。

〈お前が、女だったのか……〉

今度は高い悲鳴のような声だった。

前に立ちはだかった母からは、蒸れた熱の匂いがした。熱の匂いとしか表現のしようのない、母の体から発する強い匂いに朝子は息を詰めた。

〈こんな小娘に、寝とられて……、あたしから盗ったのか？〉

後ろのドアが開いて、父が出てきた。

父は朝子の腕をぐいっと引っ張って、無言で自分の後ろに引き寄せた。

〈止めないか！〉

声を潜めて、父は母に向かって言った。

〈ふん！　庇うのか！　私を庇ったこともない男が、こんな小女郎を庇うのか〉

不思議なことに、父はあまり驚いた風でもなく、慌てた様子もなかった。こんな母を予測していたのか。

それまで、父の書斎の方から、深夜、甲高い母の声が聞こえることがあった。父を詰《なじ》る声のようにも、哀願する声のようにも聞こえた。父の声は聞こえない。その母の声が聞こえると、朝子は布団を被って耳を塞いだ。

興奮した母は、〈この小娘が！〉と言いながら、持った柄杓を何度も廊下に叩きつけた。

その夜、朝子は、迎えに来た看護婦に連れられて病院の部屋で休んだ。

翌日から父は朝子の部屋を病院の中に作って、朝子の荷物も移した。母と暮らした母屋には戻らなかった。

朝子は、母の男のようなだみ声と、下から舐めるように白目を剝いて睨んだあの目に怯え続けた。〈盗ったのか？〉あの夜の母の熱の蒸れた匂いが、自分自身の匂いのように、いつまでも朝子へ纏わりついて離れなかった。

父は、その時からあまり朝子に近づかなくなった。

冷たくされたという意識は朝子にはなかったが、遠くから朝子を見守っている感じがした。

母を意識的に朝子は避けた。

〈お母さん〉と呼ぶと嬉しそうに笑う母の面影は、朝子の中から薄くなっていった。

それから、少し経った頃、炭坑の町に天皇行幸があった。黒く炭塵で汚れた病院の前の道は雨でぬかるんでいた。

天皇の車を追った、あの日の母が、朝子が最後に見た母の姿だった。母との別れだった。その後母が消えた。家庭が消えた。母は天皇を崇めていた。〈菊のご紋章が付いている、勿体ない〉と言って母が大切にしていた、菊の模様が浮き出た、桃色の着物の裏地が朝子の手元に残された。

そして、朝子はあの町もあの母も、心の底の底に沈めて生きた。

「どうしたの？」

ゆきさんから声を掛けられて、朝子は我に返った。

いつの間にか、テーブルの上に、先程までなかった小鉢が二つ、三つ並んでいる。ゆきさんが用意してくれたらしい。

「急いで作ったのと、あり合わせのもの……」

「綺麗な器……」

朝子は小さな染付の小鉢を手に取った。朝子の掌に収まった小さな器は、懐かしい感じがした。

「朝子さん、覚えてる？　貴方が珍しく酔った夜、店のカウンターに座って、細々した、ちまちました料理が食べたい。小さなお皿で……、と言って棚の大きめの猪口を指差したの……」

朝子は忘れていた。

「細々した料理を？」

「そうよ。葱のぐるぐる……と何回も言うのよ。葱を結んで酢味噌で食べるのかな？　と思ったわ」

「葱のぐるぐる……」

「そうよ……葱のぐるぐる。お母さんの料理ではないわね。朝子さんのお母さんは、ハイカラな料理を作る人だったのよね」

「ええ……」

朝子は曖昧に頷いた。

義母になった人は、和風の料理はほとんど作らなかった。エビや貝類を野菜と一緒に煮込んでサフランで色を付けた献立からは、南欧の海辺の香りがした。その頃は珍しい料理だった。朝子が人に話す時の母とは、この義母だった。結婚した隼にさえ、義母とはことわったことがない。隼が戸籍謄本を取って、実母がいることを知っていたことも、朝子は別れるまで知らなかった。

〈あの町で何があったのか〉

隼は手紙に、そう書いてきた。何があったのか？　そう聞かれても、朝子には、すぐには答えられない。すぐには思い出せない。でも、何かが大きく変わった。朝子には失った時間だ。失われた時間の中に母を葬った。

隼の手紙を読んだ時、まず、茫然とした。思いがけない内容だった。朝子の知らない隼がそこに居た。

別れたことは、もしかしたら取り返しのつかないことだったのではないか？　自分は、隼のことはまるで何も知らないまま別れたのではないか。

隼の手紙を持つ手が震えた。

隼との日々の暮らしが、虚しく、息苦しく、何もない日常に耐えきれなくなった朝子だったが、耐えられなくなったのは、隼との日々の暮らしではなく、自分を偽って生きることに、無意識に、朝子自身が耐えられなくなったのではないか。

隼の手紙を読むまで、朝子は自分が隼と別れたことを後悔するなどと、思ったことはなかった。

間違えたのか？

間違えたのは隼と別れたことなのか。母を葬って生きてきたことなのか。朝子は答えられない。

海辺の村の小さな医院で診療を始めた父のことを、少し思った。だが、父に連絡はしなかった。

大阪の大きな病院の院長をしていた父が、この義母とも離婚して、田舎の医院で診療を始めたのには、あの炭坑の町で起きたことと関係があるのだろうか。〈贖罪ではないか〉と隼は手紙に書いてきた。

〈盗ったのか！〉と母が朝子へ向かって叫んだその時から、母は自分の手で敢えて家族を捨てようとしていた。

母娘の証明は、母にとっては戸籍などではなく、自分が〈産んだ〉という記憶だけなのか。その記憶の喪失に、あの頃、異様に母は怯えていた。

あの時、母は朝子だけが頼りだったのではないか、と今、朝子は突きさすような胸の痛みとともに、母のことを思った。もう、母は朝子が自分の懐に飛び込んでくることなど、多分期待はしていないだろう。だが、その母が生きているのかさえ朝子は知らない。

朝子は小鉢の中の巻いた葱を口に入れた。この味の記憶が微かに甦ってくるようにも、初めての食べ物のようにも思えた。

「食べてね……、朝子さんの言う細々した料理がこんな風なのかどうかは分からないけど……浅蜊を炊いたのと……、わけぎの酢味噌……、九州の葱は少し違うのよね。でも、朝子さんは、おふくろの味を懐かしんだわけではないのよね……」

ゆきさんが次に何か言いかけた時、朝子は箸を置いて、きっぱり言った。この味が朝子の中で甦った。

「いえ、母の味なのです。母はこんな料理を作っていました。お祖母ちゃんと……」

「えっ？　お母さんの？　お母さんはハイカラでいつも大皿の西洋料理でしょ」

「いえ……」

「こんな昔風の料理は、おふくろの味ではないでしょう？……」

「母の……、母の料理なのです。あの母ではない、本当のお母さんの……」

「本当のお母さん……」

ゆきさんは、朝子の顔を見た。そして下を向いて小さく呟いた。ゆきさんも養父母に育てられたと聞いたことがある。

「実のお母さんがいらしたの？　初めて聞いたわ」

「実母のことは誰にも言わなかったのです。……でも夫は知っていたのです。私は話したこともないのに、知っていたのです。夫から手紙が来て……私が破いて棄てた写真と一緒に」

あの町であったことを朝子が思い出して、隼に告げたら、別れずに済んだのか。その前に、朝子と結婚しただろうか。隠したのは隼との生活を守る為だと思っていた。あの炭坑の町のことも、それ以前のことも。母のことも。

「手紙が来たことは、先程聞いたわ……、それで何か相談があって来たのではないの？」

「半分に破れた写真に母の指先が写っていたの」

「お母さんの？　指が？」

朝子の腕を摑みかけたあの母の指先だった。写真を破ったのは朝子だ。

「私が捨てた写真を、ごみ箱から夫が拾って取っておいたのです。私は知らなくて……何にも知らなかったのです。何年も一緒に暮らしていて」

「お母さんの指が写っていたの？」

「夫は、その指が実母の指だと、すぐに分かったそうです。私は実母のことを話したこともないのに」

写真をゆきさんに見せようか、どうしようかと迷った。

隼の手紙と一緒にポケットに突っ込んでいる。

大きく腕を広げて朝子を抱きとめたり、朝子の腕をしっかりと捕まえながら、娘を自分が産んだという記憶を、その度毎に母は呼び醒ましていたに違いない。

朝子は小鉢の葱を細い赤い箸で摘んだ。

「その赤いお箸、貴方の為にとっておいたの……。いつか、こうしてそのお箸で、貴方が食べることがあるかも知れないと……、本当に現実になったわ」

「お邪魔したこと、ご迷惑ではなかった？」

「勿論よ……主人が書かなくなって、それまでは、主人が小説を書く為にどんな風にして支えればいいのか、それだけ考えて暮らして来たわ。でも、どんなに支えようとしても、書くのは私ではない、主人なのよね。そう考えたら、何だか、正直、拍子抜けすることもあったの……。主人を支える、いい妻だったわけではないわ。お店を生活の為にやりだして、その頃、よく思ったわ、あの時、子供を産んでいたら、朝子さんくらいかしら……だから赤いお箸をそっと用意したり、主人に内緒で」

ゆきさんの白い顔がそっと朝子を覗きこんだ。

「ママ……」

自分でも思いがけず、不意に朝子は〈ママ〉と小鉢の中を見詰めたまま、小さく呟いた。口を衝いて出たその言葉に、朝子は自分自身でたじろいだ。

確かに自分は〈ママ〉と言った。朝子の言葉だ。〈ママ！〉

「えっ、ママ？　朝子さん、今、ママって言った？　初めてね。朝子さん、ゆきさんとしか私のことを呼ばないし、他のお店のママさんでも、名前を呼ぶわね」

ゆきさんの弾んだ声が頭の上を通り越していく。〈ママ〉と言ったのはゆきさんのことではない。私の〈ママ〉だ。

「私のママです」

そうだ私の〈ママ〉だ。朝子は〈ママ〉という言葉を、長い間口にしなかった。口にすることが出来なかった。禁忌された言葉だった。

何故、禁忌されたのか、胸の底を突き上げるように、あの頃のことが甦った。

〈ママを禁じられた〉

朝子が小学校に入学する少し前、父が戦地へ征った後、母の実家へ疎開して、朝子はその村の小学校へ入学することになっていた。

〈朝子さんはお母さんのことを「ママ」と呼んでるそうですが、敵性語ですから、使わせないでください。「お母さん」と日本語を使わせてください。注意してくれと、学校に言ってきた人がいます〉

訪ねてきた、小学校の先生は、座敷で祖父母と母を前にして、姿勢を正して、厳かに告げた。

その日から、祖父母と母は懸命に〈ママ〉を〈お母さん〉と呼び換えるように朝子を訓練した。決してママと言ってはいけないと禁じられた。〈お母さんですよ。ママと言っては駄目よ〉

小学校へ入学してしばらく、朝子はほとんど口を利かなかった。先生から名前を呼ばれても返事をしなかった。いつ、言葉が戻ったのか記憶にない。失語症になったのは、短い期間だったように思う。

戦争が終わっても、朝子は〈ママ〉という言葉を使うことはなかった。その言葉を禁じたことを、多分周りの人々は忘れていただろう。朝子も〈ママ〉という言葉を忘れた。

田舎の家で、朝子が母を〈ママ〉と呼んでいた頃、小さな器でちまちまといくつもの料理を母と祖母が作ってくれた。真ん中に火鉢を置いて、周囲を丸く囲んだテーブルで、野菜の煮たのや田螺《たにし》を小鉢に入れた器が並んだ。茹でた葱を巻いて手伝ったりもした。

裏庭の柿の木の周りでは、五、六羽の鶏がいつも餌を啄んでいた。

その後、移った炭坑の町では、ほとんど母は料理をしなくなっていた。朝子も母も病院から運んできた入院患者と同じ食事をするようになった。

「葱をぐるぐる結んで手伝ったの。ママの頃……、ママが居た頃。ちまちました小さな器に入れて、こんな料理を食べた……戦争は始まって、父も出征したけど、ママがいたの。本当の母が。田舎だから、戦争の影なんて感じなかった……戦争が終わって父が帰還すれば、皆、幸せになれると信じていた。ママも私も信じてた」

そして、父が帰還した。幸せになれるはずだった。

〈盗ったのか！〉と深夜、朝子へ向かって叫んだ、あの母も〈ママ〉だ。天皇行幸の車を追いかけた母も私の〈ママ〉だ。

あの〈ママ〉は居なくなったわけではない。周りが消してしまった。朝子も母を消したその中の一人だ。

その〈ママ〉は今、何処にいるのか、生きているのか死んでいるのかさえ分からない。長い間、朝子はそのことを知ろうともしなかった。

「幸せになれるはずだった。……父が帰ってきたら幸せになれるはずだった……。あの町のことも、母のことも隠して結婚したら、幸せになれると思っていた。でも、間違っていたのかも知れない」

「何が？」

「母を葬って生きてきたことも、父が再婚した明るい義母を自分の本当の母だと周りに思わせたことも……。みんな、間違ってたのかも……」

自分は何処で間違ったのか、と、小さな小鉢の中の緑色の細い葱を見詰めた。朝子は〈ママ〉といたあの敗戦間際の、遠い幼い日の記憶を、懸命に手繰り寄せた。朝子がしてきたことはただ〈ママ〉という言葉を〈母〉に置き換えただけではない。もっと底深いものだった。

母は自分の記憶喪失を恐れていたが、朝子が自分を忘れてしまうとは考えてもいなかっただろう。

「罪深い……」

〈ママ〉という言葉を強制的に禁忌させられた朝子は、その後、自分自身の手で、母の存在そのものを葬った。

（ママ……ママ……許して欲しい）

朝子は、その頃、母を葬って生きることが、罪深いと考えたことはなかった。

〈ママ〉という呼び名を「母」と変えさせられたことを、父は知らない。志願して戦地へ征った父だったが、敗戦後は朝子に〈海軍の制服だ〉とセーラー服を着せなかった。そして、父も母も天皇を崇めていた。

「貴方のような娘がいるなんて、羨ましい……」

ゆきさんは、箸を運ぶ朝子を見詰めている。

「昔、小さい頃、田舎で母をママと呼んでいたのです。小学校へ入る前まで……、敵性語だと変えさせられて……」

あの頃までが一番幸せだった気がする。

幼い朝子は、敵性語という言葉を母から説明して貰った。

「えっ！　そうなの……ママと呼んでいたのを変えたの？」

「変えたのではないのです。変えさせられたのです」

「朝子さん、もしかしたら、小説を書きたいのではない？」

ゆきさんは唐突に言った。

「えっ！　何故ですか？　そんなこと考えたこともないです」

ゆきさんの言葉は朝子には思いがけないことだった。

「主人が、何か話をするでしょ、あっ、これは小説に書くな、とすぐ分かるの……、たいてい当たるわ。小説に書けるか書けないか……そのことだけ考えて暮らしてるみたいな時もあったわ」

隣の部屋の薄い闇の中で、原稿用紙の白い升目が浮いて見える。

「原稿用紙の初めに題名を書いて……、そうすると、あっ、書けるな、と安心するの。作家でも題名を最後に書く人もいるらしいけど、主人は最初に題名が決まらないと書きだせなくて……朝子さん、作家にだけはなっては駄目よ」

「作家になるなんて、考えたこともないです」

「それならいいけど、お店には文学やってる人が沢山いるでしょ。ほとんど無名で、同人誌やってる人もいるし、以前、大きな文学賞取った人もいるけど、今は書いてない。でも長い間書き続けられている人は、ほんの一握りよ。現在、活躍してる人は、来ないわね。あんな、うらぶれた店には」

「ボア」には文学老年とでも言いたいような人たちが集まる。現在活躍している作家の作品を、けなしたりする文学老人たちは、どんなに勢いよく文学の話をしても落魄の気配を強く纏っていた。

「姑は、息子は帝国大学出ですって、親戚中に自慢して長野から出てきて同居したけど。帝国大学なんて出ても何にもならない。姑も家にお金がないことを知ってるから、気兼ねして、私が買い物に行くとき、玄関まで送ってきて、そこで、やっと言うの、わざと高飛車に〈お茶、買って来ておくれ、上等でなくてもいいよ〉。姑はお茶が好きで、でも、お茶の葉さえ買えなくて、最後まで上等のお茶淹れてあげられなかった。それが心残りよ。倉庫番でもいいから働いてほしいと言った作家の奥さんがいたけど、私も同じよ」

以前にも同じことを聞いたことがあった。

「夫婦のことは、周りには分からないけど、もう一度隼さんと話し合ったら？　朝子さんには普通の暮らしをしてほしい。文学なんかに関わりを持たないで」

朝子は普通の暮らしに耐えきれなくなって、高円寺へ来た。自分には花崎老人のように、足が竦むような経験もない。このまま、だらだらと何もしないで老いて行くことが嫌だった。

「普通の暮らしが、どんなものかよく分からないところもあるけど……不思議ねー。夫と別れて、いろんなことを思い出したわ」

それは、朝子にとって思いもかけないことだった。何かの箍《たが》が外れたような気がした。あの町のことも、母のことも懸命に何の為に隠してきたのか、今になってみれば分からない。ただ、朝子の心の底に罪深い自分が残滓のように澱んでいた。「ボア」のカウンターで酔った朝子が言ったのは、葬ったと思った過去が、朝子自身を襲おうとしていたのだろう。

「ママって言葉、何十年も思い出さなかった。禁じられたことも忘れていた。小さな器に入った料理をゆきさんが出してくれたお陰で、忘れていたあの頃を思い出したわ。誰にも言えなかった母のことも、話すことが出来たわ」

「ママって言葉、戦時中は禁じられたのね。作家も書けないことが多かったの。戦時中は自由にものが書けなくて……、みんな苦労したわ。今は何でも書けるわ。自由になって何でも書けるのに、主人は書けなくなってしまって……。さっきも話しかけたわね。主人の出て行った妻の行方を探す小説のこと。私の気持ちとは違うことも……。でもなにも自分がコケにされたようには書いてないの。養父母の面倒を見なければならない、それも確かにあるけど。本当は違うのよ。もう、細部は覚えてないけど、肝心の嫌なことは避けて、書いてないように思ったわ」

「えっ、……それじゃあゆきさんが別れようと思ったのは、養父母の面倒を見る為だけではなかったのですか?」

ゆきさんは、朝子に横顔を見せて窓の方を向いて話している。朝子の問いには答えない。無言だった。

〈先生と別れようと思ったのは、男の為ですか?〉

朝子はその問いかけを呑みこんだ。ゆきさんが、今までとは違った女性に見えた。

朝子はゆきさんが何か、恐いことを話しだすのではないかと恐れた。朝子は居住まいを正した。

「素人の私が言うのはおこがましいのだけれど……、主人は仕事に私が口を挟むのをとても嫌ったから、何も言ったことはないけど……、誰にも言ったことはないけど……。その時に思ったわ。主人は帝国大学出で、信州の旧家の出で、とてもプライドがあるの。何もかもかなぐり捨てて、どんな恥ずかしいことでも書く、そんなことは出来ないのではないか。でもそんなこと関係ないわね。書く人は書くわね」

周りはしんと静まり返っている。隣の家から聞こえていた、水を流す音、食器を洗う音もしなくなっていた。

朝子は喉がからからになったが、金縛りにあったようにまったく身動き出来なかった。

あまり小説を読んだことがない朝子にも、ゆきさんが言っていることは、多分本当のことに思えた。

「何もかも、自分の恥部をさらけ出して書かなければ、読者は納得しないのよ。きっと……」

朝子はゆきさんを恐ろしい人だと思った。今までとまるで違ったゆきさんが目の前に居た。

「書けなくなったのも仕方ないかなと、ふと思ったりしたこともあるわ。ただただ書けるように支え続けたわけではないのよ」

文学は作家の腸《はらわた》も、その作業を側で見ている作家の妻の腸も、食い破ってしまう力があるのではないかと朝子は戦慄を覚えた。

「ボア」に集まる文学の敗残兵のような人たちも、酒を飲むと自分の書く小説が一番だと吹聴する。二十年以上前に自分の小説が掲載された文芸誌を、ボロボロになるまで持ち歩いている島さんは、七十代になるが、今に大きな賞を取ってみせると、カウンターに座っている朝子の側に立って、同じことを毎晩繰り返す。

月末の土曜日の夜になると、高円寺の部屋を借りて、同人誌の例会をしている比較的若い五、六人のグループが来る。その中には文芸誌に時折作品が掲載される人も居た。そのグループが来ると、店の雰囲気が変わった。過去の自慢話をしていた老人は帰り、勢いのある風が吹き抜けて行くようだった。有名ではないけれど、文学の現役だなと、朝子は一番その人たちに魅かれていた。淡い、心の片隅にある小説にたいする憧れが甦る。そこに惹かれて、もしかしたら自分も文学にからめ取られていくことになるのではないだろうかとゆきさんの話を聞きながら朝子は自分も畏れた。

佐方先生は、自分の昔の話はしない。何処か、超然としていた。

朝子は自分の恥部と思うものは、隠して生きてきた。糊塗して生きてきた生き方が、恥部のないきれいな生き方とは言えない。むしろ一番、恥ずかしい生き方だったのではないか、と今は思う。

「朝子さん、小説なんか簡単に書く気を起こしては駄目よ。もし、書くならどんな恥ずかしいことでも、書く勇気がなければならないから、ないなら止めた方がいいわ。いったん走り出したら止められないわよ」

「自分の恥ずかしいことを、書く勇気なんて私にはないと思います。夫にさえ話すことが出来なかったんですもの。とても無理……恰好いいことだけしか、だから小説なんてとても……」

たしかに朝子は今まで、小説を書くことを意識的に考えたことはなかった。文学は遠い世界のことだった。ただ、今、ゆきさんから〈止めた方がいい〉と言われた途端に、逆に文学がぐいぐい目の前に迫って来る気がした。

「貴方がご主人と別れて、高円寺へ住むと聞いた時、小説を書き始めるな、いや、書いてるのでは、と思ったの。貴方は一度も文学をやりたいとか、言ったことはないけど……。今日、貴方の〈ママ〉という禁じられた言葉のことを聞いて、やはり貴方は書き始めると思ったわ。別れたのは文学とは関係ないはずだけど、あるかも知れない。「ボア」にくる人たちを知ってからでしょ。花崎老人……。そして、同人誌をやってる〈土〉の篠崎さんたちも……」

朝子が別れたのは文学とは関係がないはずだ。

「もう一度隼さんと話してみたら？　籍はまだそのままよね」

ゆきさんは帰りかける朝子に、もう一度同じことを言った。

朝子は禁じられた〈ママ〉という言葉を取り戻すことは出来たが、あの頃の母も、朝子自身も取り戻すことは出来ない。隼との暮らしも、今の朝子にはもう遠い昔のことに思えた。

白い舗道まで来て、朝子は夜の空を見上げた。月が朧に霞んで見えた。

五

佐方先生の家を訪ねた夜の帰り道のことを朝子は度々思い出した。あのような朧に霞んだ月を、何処かで眺めたことがあった気がした。が、それがいつのことか思い出せなかったが、しばらくして、それは、朝子自身が見たのではない、隼が言った言葉だったことに気付いた。

〈今、帰ってくるときに、空を見上げたら、月が朧に霞んで見えて、とても綺麗だった。真上に首を真っ直ぐに上げて空を見上げたんだ。今まで夜の空など見上げたことはなかった。団地の中の道は人一人通っていなくて、周りの部屋の灯は全部消えていて、この部屋だけ灯が見えた。何だか急に空を見たくなって。朧月の周りがぼんやりと明るかった〉

ある夜、帰宅した隼が、寝ている朝子の部屋にそっと入って来て言った。

〈この部屋の周りは暗い。切り取られたように。思わず空を見上げた。最初は、月が見えなくて、星もない空で……。思い切って、のけ反るようにして、真上の空を見た。朧に霞んだ月が見えた〉

朝子はいつの頃からか、一人の時、部屋の電気を点けたまま寝るのが癖になった。朝子は隼の声を聞きながら寝返りを打って、隼に背を向けた。この部屋だけが灯が点いている。朝子は明るい灯の下で寝ていたのだが、自分が暗い闇に包まれていたのだと、その時、初めて知った。しばらく、隼は朝子の床の側に黙って座っていた。が、やがて、入って来た時と同じようにそっと部屋を出て行った。

それから、しばらくして朝子は隼と別居して高円寺へ移り住んだ。

隼が、あの夜、朝子の側で話した月は、佐方先生の家を訪ねた帰りに見た朧に霞んだ月と同じだったのだろうか？　何処かで見たと思ったのは朝子の錯覚だった。隼が見たと話した月だったのだ。

あの夜、隼は何を言いたかったのだろう。

あの頃、隼の帰宅は深夜のことが多かった。朝子は一人で食事をして、隼の帰りを待たずに床に入るのが常だった。寝室は、もうずいぶん前から別々だった。あの夜も、隼は煙草や新聞の紙の匂いを身に纏ったまま、朝子の寝ている側に座った。

結婚したての頃は、朝子は、隼のその職場の匂いが好きだった。新聞社の締め切りの時間は、戦場のようだと隼は朝子に話したことが度々あった。だが、それもいつからか話さなくなった。隼の職場の話を聞くと、朝子は嫉妬した。自分だけが取り残された気がしたものだった。

そして、取り残された思いと並行して朝子の日々は怠惰になっていった。そんな日々を、何とかしたいとも朝子は思わなかった。

あの夜のことを朝子は長い間忘れていた。隼と別れる前もその後も、隼が朧に霞んだ月を見た話を一度も思い出したことがなかった。

隼は朝子に何か大切なことを言いたかったのではないか。

今の方が、隼と暮らしていた頃よりも隼の心に寄り添っているのかも知れない。〈闇に切り取られたような周りの中で……君が居る部屋だけが明るくて〉

あの部屋の中から、朝子は脱出してきた。が、今、自分の周りが明るいかどうかは分からない。あの頃と同じように闇に包まれているのかも分からない。隼が言いたかったのは、闇の中の朝子なのか、周りに光を広げない朝子を言いたかったのか。

佐方先生の家を訪ねた後、朝子はしばらく、「ボア」へ行かなかった。それまで、二、三日おきに行っていた「ボア」へ。遠のいたのは、〈小説を書いては駄目よ〉と言ったゆきさんの言葉が度々、朝子の胸に甦って、その言葉が甦るたびに息苦しくなるからだった。実際、まだ朝子は小説を書けるとは思ってもいなかった。

その理由のひとつに自分の記憶に自信が持てないこともあった。

隼が見た〈朧に霞んだ月〉を朝子は自分が見たと錯覚したように、その一方で〈小説を書きたい〉と自分は思ったこともあるのではないか。その為に自分は高円寺へ来たのではないか。朝子は、隼が言った〈朧に霞んだ月〉のことを、ゆきさんに聞いてもらいたくて、勤めの帰り、半月ぶりに、「ボア」を訪ねた。

駅前広場を横切り、銀行の裏の路地を曲がるとき、朝子は空を見上げた。月は出ていなかった。路地の突き当たりに「ボア」の小さな看板が見える。蒼いガス灯のような灯が灯っていた。

ゆきさんは、カウンターの上にグラスを並べて、大きな白い布で一個ずつグラスを拭いていた。薄暗い店の中で、電球の下のグラスが光を反射していた。店の入口に立った朝子に気がつかないのか、ゆきさんはグラスのどんな小さな曇りも見逃すまいとでもするように、グラスを電球に透かしてじっと見ていた。

常連の客が笑いながら〈東京一ボロ酒場だ〉と言うくらい「ボア」は粗末な、小さな店だったが、その店にそぐわない程、大ぶりのグラスだけは上等だった。昔、ゆきさんの実家が浅草で喫茶店をやっていた頃のものだと聞いた。

「ママ……」この日に限って朝子はゆきさんと呼ばずに「ママ」と呼んだ。

声はくぐもって自分に返ってきた。

ゆきさんは朝子の方を見なかった。不意に、朝子の背筋を冷たい風が吹き抜けた。いつもと違う。どんなに客が立て込んでいても、ゆきさんは朝子の顔を見ると、花が綻びるように、ふっと笑って迎えてくれたのに。

ゆきさんは、朝子に気付きながら、こちらを向かないのだ。その瞬間、朝子は自分が、夫と別れた後の地を高円寺へ決めたことは間違いだったのではないかと思った。

「ママ、今夜はお月さまが出てないのよ」

朝子は入口で立ち竦んだまま、ゆきさんに話しかけた。朝子の声は暗い。ゆきさんはこちらを向かない。朝子は思わず、身を後ろに引いて帰りかけた。

その時、ゆきさんは朝子の方をゆっくり振り返ってふっと笑った。

「しばらくね……」

朝子はいつも座る、入口に近いカウンターの席に座って、ゆきさんの顔を見ないようにした。

「小説でも書いてたの？」

「えっ！」

「しばらく顔を見せないから、家に籠って書いてるのかと思ったの……、違った？」

ゆきさんはカウンターのグラスを、後ろの棚に丁寧に仕舞った。沢山あると思っていたグラスは三個しかなかった。

「……グラス、なくなった？　もっと沢山あると思っていたけど、ゆきさんの大事なグラスでしょ。ご実家のものだと聞いたことがあるわ」

「そうなのよ……、小さな喫茶店をしてたのだけど、私が嫁に行くとき持たせると言って舶来のグラスをデパートで買って……」

ゆきさんは養女で、養父母は売れない作家の佐方先生よりも、お金持ちと結婚させたかったと聞いたことがあった。

「半ダースあったはずですよね」

「六個はとうに、欠けたわ……」

朝子が半月前来た時には六個、棚に並んでいたと思った。

ゆきさんは滅多にこのグラスを客に出さない。客が居ない時グラスを丁寧に磨いているゆきさんを見ることが度々あった。

「……主人が癇癪をおこすと、このグラスを割るの……、私への嫌みよ……」

朝子は、佐方先生がグラスを割ることを初めて、ゆきさんから聞いた。

「昨夜、お客がほとんどなくて、飲んでいた主人に愚痴ったのよね……、こんなじゃ、家賃も払えないって」

曖昧にゆきさんは笑った。どんなときにも、ゆきさんは苦労話をしたことがなかった。

「……暇だから、磨こうと思って、カウンターの上に置いていたグラスを土間に叩きつけて……」

「一度に、何個も？」

「いえ、一個よ。昨夜は。時々割るの。もう三個になったわ」

「何故？　そのグラスを？」

「実家の両親が結婚に反対したのを根に持ってるのよ。いい家柄でもないのに、偉そうに！って、お前のお陰で、道を誤ったたって」

「道を？」

「自分に似合わない風俗小説を書いたことを、悔やんでるのよ。私の為に書いたって、だから駄目になったって言いたいのでしょ」

佐方先生は戦後の一時期、いわゆる風俗小説の注文が沢山きたと、ゆきさんから聞いたことがある。

先生が敗戦末期、海軍報道班員として徴用されて、帰ってきた後のことだ。任地が何処だったか、ゆきさんからも先生からも聞いたことがなかった。その後も、九州のある基地に報道班員として行っていたと、朝子が九州出身だと知って、ぽつりと漏らしたことがあった。

鹿児島のその基地は特攻基地のはずだった。が、特攻基地のことも自分の仕事のことも、特攻隊員のことも、何も話さなかった。

その頃のことを先生は作品に書いていると聞いたことがあるが、朝子は読んだことがなかった。ゆきさんもその作品を話題にしたことはなかったし、その作品だけではなく、店の中で先生の小説が話題になることはなかった。

家出した妻を書いた小説もあると聞いたが、朝子は読んだことはない。

隼が勤める新聞社のSさんが、同じ基地に従軍記者として来ていたと、朝子に話したことがあった。隼に聞くと、そのSさんは、新聞記者の現役のころは署名入りの記事を沢山書いた、名文記者として有名だったとのこと、そして今は新聞社を退職して、元気で横浜に居ると言っていた。

〈酒ばかり一緒に飲んでたよ〉

〈連絡を取って、お会いになりませんか、住所は分かります……〉

と、会うことを勧めた朝子に、笑って先生は答えなかった。

先生は戦前の学生時代に、左翼だった頃があったというが、戦後、プロレタリア作家と呼ばれることを嫌がった。

「主人は、もともと風俗小説なんか書ける人でないのよ。そんな小説を書く作家を馬鹿にしてたのに。それが無理して書くようになって、すぐに飽きられて……、一時は毎日のように押し掛けてきていた編集者も潮が引くように、来なくなって……」

その短い時期のあいだに、家具や布団なども新しく買ったとゆきさんから聞いたことがあった。

〈まるで新婚さんみたい〉家出をして帰ってきたゆきさんとの暮らしを、先生は第一に考えたのだろう。

「誰それさんの夫人は、お菓子もお酒も、それぞれの編集者の好みを覚えていて、持て成すそうだ、とか言うのよ。お前の客扱いが愚鈍だから仕事がなくなったなんて……そんな恥ずかしいこと、言うようになって……それで、私が大事にしてるグラスを割ったの……当てつけに……私のせいで書けなくなったって言いたいのでしょ」

「先生がそんなことを、まさか、そんなことを」

「グラスを割るのも、愚痴を言うのも私と二人だけの時よ。人がいると、決してしないわ」

「先生は何故書かなくなったのですか」

「分からないのよ。何故なのか。何故、書けなくなったかなんて、誰にも分からないと思うの。丁度、中間小説という言葉が出てきた頃で、その分野の新しい雑誌も次々に創刊されて、そこを舞台に書きだしたのだけれど……、結局は馴染めなかったということかもね」

ゆきさんの家出の原因になった男性は出版社の編集者だったと聞いたことがあった。ただの噂に過ぎないと朝子は思っていたのだが、ゆきさんの先生に対する目は、何処か妻としての目だけではない、客観的な、冷静なものを感じた。妻の家出の原因の男性は、世間の噂通りその編集者かも知れないと思った。

「戦時中、同人誌の仲間は思想犯として警察に捕まって、転向声明出したりして、やっと解放されたりしたけど……、主人は何もなかったのよね。するっと通り過ぎて。それが幸運だと思ったのだけれど、果たしてそうだったのだろうかと、後になって思う時もあるわ」

ゆきさんは、拭いたばかりの二つのグラスに、ウイスキーと炭酸を注いだ。店の中がいつもより暗い。グラスの中の大ぶりな氷が刃物のように光る。

「電球が一つ切れてるの、何だか取り替えるのも億劫で」

ゆきさんはグラスの中の氷を見詰めながら、掠れた声で言った。多分、昨夜は遅くまで、一人で、割れたグラスを片づけたのだろう。

「ある時期、別れたいと思って……でも、結局元に戻って……、それから、戦後が始まったのだけど、やはり、風俗小説なんか量産したのは、私の所為かも知れない」

会話が途切れて、二人とも、黙ってグラスのウイスキーを飲んだ。

ゆきさんは二杯目のウイスキーを朝子のグラスに注いでくれた。

「あの夜、お宅にお邪魔して帰る途中、朧月を見て、いつかこれと同じ月を自分が見たことがあると。それがいつなのか思い出そうとして……」

「それで？　思い出した？」

ゆきさんは、ふふふと、さも本当に可笑しいことを聞いた時のように笑った。ゆきさんが笑ってくれたお陰で、朝子は気が楽になった。

「いいえ、違ったの。私が見たのではなくて、隼が話したことを、自分が見たと錯覚してしまって……、深夜、私が寝ている側に来て朧月がきれいだと。長い間、忘れていたの、その夜のことを」

朝子はあの頃の孤独さを思い出した。

「でも、貴方は分かっているのよね。やり直したいと思ってる彼の気持ちを……」

朝子は詳しく、ゆきさんにあの夜の隼の言葉を話したわけでもないのに、まるで、その先の朝子の話を見通しでもしているように言った。

「……小説を書いては駄目よ、とゆきさんから言われて……」

「そう、今でも同じ考えだけど」

「でも、もともと書けると思ったこともないわ」

本当にそうだろうかと内心朝子は思った。自分は小説が書けないと思い込んでいたのは本当だろうか。心の奥の奥では、書きたいし、書けるようになりたいと思い続けてきたのではないだろうか……。自分の記憶は曖昧で、自分を裏切っているところもある気がする。

「でも、もう止めないわ。止めても貴方は書くわよ。書く人になると思う」

ゆきさんはきっぱりと言った。この言葉を聞きたい為に、朝子は此処を訪ねたのかも。高円寺を選んだのも、今まで会えなかった文学にかかわる人たちがいるから、自分は選んだのではなかったろうか。

「今、話したお月さまの話、自分の記憶違いだと……、きっと貴方は小説で書くわ。貴方の話を聞きながら、強く思ったわ」

それは違う。小説など書けていない。でも、頭の中では自分もいつの間にか書き始めているのでは。そして、これは文学の道への入口なのかも。

その時、店のドアが開いて、勢いよく二、三人の客が入ってきた。

ゆきさんは、すっと背を伸ばして向きを変えると、大輪の花が開いたように客に笑いかけた。ゆきさんの顔は笑うと、別人のように華やかになる。

最初に入ってきたのは、同人誌〈河口〉の主宰者、神元だった。その後に続いて若い二人が入ってきた。一人は手に小ぶりのカメラを持っている。

「ご一緒だった?」

ゆきさんは意外そうに神元に言った。

「違うよ」

彼はぶっきらぼうに言うと、朝子の横のカウンターの角に座った。

「銀行の横で、このあたりに作家が集まるバーがあると聞いたのですが……と聞かれたので、多分「ボア」だろうと……、それで一緒に来た」

二人の中の年嵩の方がゆきさんに名刺を出しながら、ゆきさんの前に座った。

「小さな、業界紙です。繊維専門の……コラムを作って、特色のあるバーを取り上げようと」

「いつものくれよ」

神元は電気の下でじっと名刺を見ているゆきさんにいらいらした声で急かした。業界紙の二人は神元の方を見ない。

朝子は何か神元に話しかけなければと思った時、勢いよくドアが開いて、大きな声で話しながら客が入って来た。

最近、文芸誌に時折名前を見かけるようになった若手の作家、二人だった。カウンターは満席になった。先程まで、ゆきさんと二人でいた店と同じ店とは思えないほど急に活気が漲《みなぎ》った。

ゆきさんは顔を紅潮させて、おしぼりを皆の前に置いていった。

「ゆきさん、先月の〈文科〉見てくれた？　やっと一年ぶりに作品が載ったんです。今日は彼とお祝いで新宿で編集者と飲んだ帰り。まっすぐ帰るのが勿体なくて……、先生はまだ？」

「今日は出て来ないかも、昨夜、飲み過ぎたから」

隣に座った業界紙の記者は、若い作家と話し始めた。

「やはり、噂通り、この店は作家が集まる店なのですね。今月号の先生の作品読みましたよ」

記者が先生と言ったのは隣に座る若い作家に対してだった。ゆきさんは素知らぬ顔で、やっと神元の前にウイスキーを水で割ったグラスを置いた。

「隈部陽太郎先生でしょう。写真で見たことがありますよ」

それぞれの客の前にグラスを置いたゆきさんは、朝子と神元が座るカウンターの前に、自分の飲みかけのグラスを持って近寄ってきた。神元のグラスはもう空になって氷だけが残っている。せかせかと神元はグラスの氷を揺すった。

若い作家と話している記者は、神元の方をちらとも向かない。今月の文芸誌に載った作家たちの作品を話題にしている。

「出版社に入りたくて、受けたけど全部落ちて、やっと繊維専門の業界紙に入れたのですよ。オーナーが文学好きというのが救いで……、作家に会えるのが楽しみで、〈作家の集まる酒場〉を始めたのです」

大きな張りのある声で記者はこちらに背を向けて話している。

「そのうち、隈部先生にもコラムを書いてもらえるような紙面を作りますよ」

「わーっ、いいな、書かせてくださいよ」

記者に負けないくらいはしゃいだ声で、隈部と呼ばれる作家は大仰に喜んだ。

「ゆきさん、先生は媚びない作家だよね」

神元が前に立っているゆきさんに低い声で言った。神元はゆきさんに言ってるのではなくて記者に言っているのだと、朝子は落ち着かなかった。記者は聞こえなかったのか、こちらを振り向きもしない。

「そうね、ご紹介するのを忘れてたわ。この方　神元賢さん、中堅どころの作家よ。知ってらっしゃるでしょ」

「中堅どころ、なんて言わないでくださいよ」

神元は機嫌よく笑った。記者は少し身体をこちらに向けたが、すぐ横の作家の方に向きを変えて話し始めた。

「ここの先生は鎌倉の高須先生と東大時代からの親友なんだ」

「へーっ、ここのママのご主人、作家なの？」

「そうだよ。佐方順一という作家だよ。知らない？」

「知りません」

ゆきさんは顔色も変えず、朝子の方を向いている。

「無礼だな」

神元の声は呟きのように小さい。朝子はゆきさんの顔も神元の顔もまともに見ることが出来ない。店の中は煙草の煙で白く澱んでいる。記者と若い作家は、今、活躍中の作家について大きな声で話しているが、どの作品のことを話していても、いつの間にか今月号に載った自分の作品についての話に戻った。如何に編集者と書き直しについてやりあったか、など勢いよく話していた。誰も、神元の方に話を向けなかった。

「A賞の候補になればいいですね」

「うん、今度は大丈夫みたいだ。ある選考委員の先生が褒めてたって……その選考委員の先生の名前を教えてくれないんだ。でも、この作品で勝負しましょう、と」

華やかな、浮き立つような話題だった。

「もし、A賞取ったら、受賞第一作はうちにくださいよ、とも言われた」

若い作家も記者も、酔いが回った声で話しながら、その言葉と言葉の間で意味もなく笑い続けた。

この店で、以前、A賞を受賞したことがあるTという作家に会ったことがあった。その作家の名前だけは、朝子は知っていたが、長く文芸誌で名前を見ることはなかった。

古武士のような風貌のTは、店に入ると迷わず、カウンターの一番端に座った。連れはなかった。昔、写真で見たことがあるTだと、朝子はすぐに分かった。周りの空気が一斉に緊張した。その時、店にいた三、四人の客たちは、全員、Tのことを知っているらしかった。椅子を二つ置いて座っていた朝子も、思わず背筋を伸ばした。Tがかつて A賞の受賞者と知らなくても、Tには辺りを払うような威厳があった。ゆきさんは他の客と同じように、Tの前に立っておしぼりを出した。

〈しばらくでした。先生は？〉

〈まだ、家よ。夕方から、家で飲んで、遅く出てくるの。ここに来る時は相当酔ってる〉

ゆきさんはいつもは出さない高級なグラスに氷を入れてウイスキーを注いだ。グラスは上等だが、ウイスキーは安いウイスキーだった。この店の客は、初めて来た客がランクが上のウイスキーを注文すると、軽蔑したようにその客を見る。全員、安いウイスキーを飲んでいた。

〈お元気ですか？　先生……〉

〈えー、相変わらず飲んでばかりいるわ。アル中だって噂がとんでるって。このあいだいらした方が教えてくださって〉

〈少し、書かないと、みんな勝手な事を言いますから。気にすることはないですよ〉

優しい声だったが、表情は厳しかった。

朝子は、A賞作家に直接会ったのは、Tが初めてだった。その日、Tはゆきさんと少し話をして、二、三杯ロックでウイスキーを飲むと、店の客の誰とも話さず、来た時と同じようにドアをそっと開けて店を出て行った。客たちが話しかける隙がなかった。Tが店を出て行った後は一斉に緊張がほぐれた感じがした。

〈Tさんだろう。今、植物の研究家だって聞いたけど、長いこと、小説は書いてないよね〉

奥にいた、長く同人誌で小説を書いている初老の客が言った。

〈A賞取っても書けなくなる作家が多いよね〉

自嘲なのか、賞を取れない自分を慰めて言っているのか分からない。この客は少し名前が出た作家が来ると、すぐに絡むがTには何も言わなかった。

朝子は、カウンターの隅に座っていた、あの日のTを思い出していた。Tは、今は植物研究家だと聞いたけれど、再び小説を書きたいと思ったことはないのだろうか。何故、A賞まで取った作家が小説を書くことを止めたのだろうか。

神元は次々に煙草に火をつけて吸いかけては、すぐ灰皿の中に捨てる。長いままの煙草の吸殻が灰皿の中で見る間に溜まっていった。朝子はカウンターの隅に、いくつか重ねている新しい灰皿に取り代えた。

ゆきさんは、ちらと朝子と神元を見て笑った。朝子は隼と居る時は灰皿を取り代えた記憶がない。隼が自分で吸殻を捨てて使っていた。どんな灰皿だったかも思い出せない。隼が吸っていた煙草の銘柄も思い出せない。神元が吸っている煙草は朝子の知らない外国の煙草だった。

下の椅子に座っていたカメラマンが、黙って店の中を撮影し始めた。

「あー、作家を入れて、店の雰囲気を撮ってね」

カメラのシャッターの音がしてストロボが光る。

「また、ゆっくり来ますよ」

記者は勘定をゆきさんに払うと、何か急に急ぎの用事でも思い出したように、連れのカメラマンより一足先に店を出た。記者は神元の方を見ることはなかった。続いてカメラマンがカメラを仕舞いながら、店を出ようとした。

「おい！」

神元がカウンターに座ったまま、横を通り抜けようとするカメラマンに声をかけた。

「おい、肖像権があるの、知ってるだろ。黙って撮るなよ」

思わず、朝子は神元の腕を摑んだ。カメラマンは、出て行きかけた店のドアから、半分身体をこちらに向けた。

「あちらの作家を撮らしていただいただけで、先生は撮ってませんよ」

カメラマンは動じた風でもなく店を出て行った。ドアが軋んだ音をたてて閉まった。思わず、朝子は神元の腕を、もう一度しっかり摑んだ。神元が今にもカメラマンを追いかけて行きそうに思えたからだった。

「佐方先生によろしく」

と、言いながら、奥に居た若い作家たちは神元の側を通り過ぎる時少し会釈をして店を出て行った。朝子は神元の腕を放した。

「大丈夫よ」

ゆきさんは、朝子が摑んだ神元の腕を放すのを見て、笑いながら言った。大丈夫というゆきさんの言葉の意味は何だろう。〈追いかけて行きはしないわよ〉そう言いたいのだろうか。朝子にはゆきさんの言葉も笑いも意外だった。冷たい、皮肉な笑いに思えた。

「あいつら、肖像権があるの知らないのだ。無知だから」

カメラマンは神元を撮ってないと言ったのが聞こえなかったように腹だたしげに言った。無視されたのが我慢ならなかったのだろう。

「若い人は礼儀知らずね。でもね、こんなことにいちいち腹をたててたら、身が持たないわよ。今は、主人が作家だということを知らない客の方が多いくらいよ」

ゆきさんは軽く言うと、顔色も変えずに、グラスを片づけ、灰皿の中の吸殻を始末しながら神元に話しかけた。

「いつか、奥さまが、にしんの煮たのを土鍋ごと持ってきてくださって……、美味しかったわ。北の方の郷土料理ね。奥さまの故郷、北海道？」

「いや、あれは、東京生まれですよ。青森の僕の親戚から、いつもにしんを送ってくるから」

「青森に親戚が？　たしか、小樽生まれと聞いたことがあるけど」

「小樽の中学を停学になって、八戸の親戚に預けられたんです」

「えっ、中学を停学？」

朝子は停学と聞いて驚いたが、ゆきさんは、楽しいことでも聞いたように、うふふと笑った。停学になった理由は神元も言わなかったし、ゆきさんも聞かなかった。

ゆきさんと神元夫人が親しいと、その時、朝子は初めて知った。ゆきさんは朝子に、今まで神元夫人の話をしたことがなかった。

「奥さま、主人が書いてる時、そっとしてないと大変なんですって言ってたわ……、隣の部屋で新聞読んでても、新聞めくる音が煩《うるさ》いって怒鳴られるって。だから、キッチンの床に蹲って息を潜めて、ことこと、にしんを煮るんですって」

「隣の部屋で新聞めくる音が煩いのですか？」

朝子は思わず、神元の顔を見た。

「隣の部屋との境が襖だけなんだ」

「奥さま、早くきちんと独立した書斎を作ってあげたいって言ってたわ。今に立派な書斎が作れますよ、と言ったのだけれど。私の家は二間しかないけど、ほとんど書かないから……、もう、書斎なんか要らないわ」

先日見た佐方先生の書斎を思い出した。机の上に白いままの原稿用紙と万年筆、インク壺、そしてインク押さえ……。多分、今日もあのままだろう。

「この間から、〈文苑現代〉に作品書いていらしたわね。神元さん、今からよね」

「中間小説も書いた方がいいと勧められて……、純文学、純文学て言ってもねー。高須先生のように、両方成功したら立派なものですよね。佐方先生も一時は中間小説を随分書かれたのですよね」

「多分、どちらも中途半端で……」

そのまま、会話は途切れた。

ことこと、にしんを煮る鍋の音が一瞬聞こえてきそうに、店の中は静かになった。朝子はにしんを食べたことがなかった。

北海道も青森も朝子は知らない。作家の生活がどんなものかも知らない。今まで生きてきた暮らしからも人からも、隔絶された遠い世界に迷い込んでしまったような心細さが朝子の全身に纏わりついて離れない。自分は、似つかわしくない場所に来てしまったのではないか。もう引き返すことは出来ないのだろうか。

ゆきさんも神元も、朝子もそれぞれの世界に浸っているように言葉少なだった。あれほど、〈肖像権が……〉などといきり立っていたのが嘘のように、神元は静かにグラスを空けていた。

ゆきさんがおしぼりを洗い出したのを切っ掛けに、神元と朝子は店を出た。神元は大きな身体を前のめりにして、坂を上がって駅の方へ歩いていく。

駅前の噴水の側まで来た時、神元は足を止めて朝子を振り向いた。

「小説を書きたいのだって？」

「えっ？」

思いがけない神元の言葉だった。

「いつだったか。店に行ったら、ゆきさんが君のことをそう言ってたよ」

「いえ、小説が書きたいなんて、思ったことはないんです。……でも」

噴水の側のベンチに神元は座った。正面に見える駅の構内は煌々と明かりが点いて、人が疎らに出入りしていた。その人々が、影絵のように見える瞬間があった。駅前広場を取り巻いている街路樹の葉が風に大きく揺れている。

「でも……」

と朝子は言って、次の言葉が続かない。朝子は空を見上げた。月はない。暗い空だった。

「でも、本当に自分が小説を書きたいと思ったことがないのか、最近、自信がなくなってしまって」

噴水の水は止まっている。丸い円形の噴水の底の水に青いネオンが映って時折煌めいた。

「夫の話を聞いたのに、自分が実際に朧月夜を見たと錯覚したり……自分の記憶に自信がないのです」

「記憶に自信がない？」

「小説を書こうと思って、ずっと思って生きてきたのではないかと……」

「小説を書くことを勧めたくはないけど……」

意外な神元の言葉だった。

「何故ですか？」

神元の言葉が意外なのは、当然、自分が小説を書くように勧められると思いこんでいたからだった。

「小説を書くのは大変だからとか、今更、通り一遍のことを言っても仕方ない。止めても同じだし、誰から勧められなくても、多分君は書くと思う」

「深夜、夫が帰宅して、寝ている私に言ったのです。私の部屋だけが電気が点いていて、周りは全部暗い。団地に住んでいたんです。ぼんやりとした月でも周りがほんのり明るいのに……。長いこと忘れていたのです。でも、あの時、夫は大事なことを言いたかったのではないかと……今頃、思い出したりして……」

神元は何も言わない。

「その夜のことは、別れる時も、ずっと思い出さなくて、先日、佐方先生のお宅へお邪魔した帰り、空の朧月を見上げた時、不意に思い出したのです。この空はいつか見たことがある。違ったのです。自分が見た月ではなかったのです。それから、何もかも自信なくて、夫と別れたことも……、何故そうしたかも曖昧で」

何故高円寺を選んだのか。何故隼と別れたのか。迷路に入り込んだように分からない。周りが真っ暗な、団地の同じような建物が並んだ部屋の中で、灯を点けて一人で寝ていた。あの頃の自分が何を考えていたのかさえ分からない。

「闇の中で閉じ込められたように思えて……、一晩中、明るい電気を点けて寝ていても、不安で……息苦しくて」

あの頃、朝子は自分の寝室の電気を明るい電球に替えた。隼は何故、こんなに明るい電球にしたのだと驚いた。どの部屋にも花を飾った。色とりどりの纏まりのない花を大きな花瓶にどさっと活けた。隼は、部屋に似つかわしくない大きな花瓶の花をじっと暗い顔で見ていることがあった。

「君が高円寺を選んだのは、小説を書きたいからだと思うよ。作家が居て……自由に見えて……息苦しい世界から逃れられると思って」

でも、朝子には息苦しさの原因が分からない。

「佐方先生は、多分君が考えている以上に偉い人だと思うよ。今は書いてないけど、若い頃はいい小説を書いたんだ。それに、卑屈でもないだろう。作家が書けなくなると、いじましく卑屈になるんだ。でも、あの先生は女房に養われても、大きな顔をして飲んでるだろう、威張って……」

朝子はゆきさんの大事にしているグラスを当てつけに割る先生のことを神元に話すことが出来なかった。神元は間もなく、ベンチを立って歩き出した。付いていこうとした朝子に言った。

「もう一軒、寄っていくから……」

朝子は不意に放り出された。急ぎ足で駅の構内へ行きかけた神元が、すぐ引き返してきた。

「別居してるんだって……、籍はそのままで……、宙ぶらりんのままなんだ。何だか清潔ではないいな」

朝子の前に神元は立ちはだかるようにして言った。薄い雲が風に流れて行く。

「別れたご主人が、君の寝てる側で話したという朧月の話、君の作り話じゃないのか。離れようとしている君の気持ちを引き留めている、そう、君は言いたいのではないか。ゆきさんは君の話を聞いて、小説を書いた方がいいと言ったかも知れない。だけど、ゆきさんが本気でそんなこと思ってるはずはないよ。君が望んでいるように言っただけだよ。ゆきさんは、そんなに甘くはないから。小説は人から勧められて、勧められて書けるものではないよ。君は人から勧められるのを待ってるのかも知れないけど」

神元の言葉に朝子は茫然として、その場に立ち竦んだ。何かを言わなければと思いながら、喉がからからに渇いて言葉が出ない。朝子は、今自分が神元から、謂われなく貶《おとし》められていると思った。朝子の味方をしてくれる人は誰もいない。

朝子に背を向けて駅の方へ歩き出した神元の姿は、間もなく、樹の陰になって消えた。

六

夕方、勤めの帰り、朝子は「ボア」へ寄った。

カウンターの端で黒い受話器を持ったゆきさんは朝子を見ると、二言、三言受話器に向かって話して、すぐに受話器を置いた。

店の入口に一番近いカウンターの席に座った朝子は、今の電話が気になった。朝子に背を向けたゆきさんは、電話について何も言わない。

(神元からの電話ではないか?)

朝子はそう思ったが、ゆきさんに聞くことが出来なかった。ゆきさんも何も言わない。

あの夜、駅の前で神元と別れた後の半月、勤めの帰り、三日に一度は「ボア」へ寄ったが、神元は一度も現れなかった。ゆきさんに神元が来たかどうかも聞けなかった。

その日も、ゆきさんと話している間中、神元のことが朝子の頭から離れない。

元々、客が少ない店だったが、先生がグラスを割った夜とか、神元が編集者に無視された夜は、不思議な賑わいがあった。

編集者も売り出し中の作家も、二十年前に自分の小説が掲載されたボロボロの文芸誌を持ち歩く老いた自称作家も、あの夜を境に、ぴたっと店に現れなくなった。

店は前と同じなのだが、夏が終わった後の海水浴場のように、今夜もしんと静まりかえっている。

ゆきさんが朝子に笑いかけた。

「覚えてる？」

「えっ、何を？」

あの夜のことだろうか。駅前の噴水の側で、神元は朝子を置いたまま去って行った。

〈小説を書いた方がいい〉あの夜、朝子は、たしかに神元からのその言葉を待っていた。だが、神元は勧めてくれなかった。

「少し前、私が千葉の病院に入院してた時のこと……」

朝子には思いがけないゆきさんの言葉だ。確かに以前に、ゆきさんは千葉の大学病院に入院していた。朝子は高円寺へ来てから、すっかりそのことを忘れていた。

「一年少し前になりますね。もう、すっかりお元気そうなので、ほとんどご病気だったこと忘れていました。確か、カリエスの疑いがあるとか……」

「カリエスは大丈夫だったの。最初、主人は病院から生きて出られないかも知れないと、思ったりしたんですって。すっかり良くなって退院できたの」

「そうです。思い出しました。退院して家に帰ったら、フライパンも錆びてなくて、鍋なんかも焦げ付いた跡もなくて、きれいに磨かれていて……、それが嬉しかったって、ゆきさんから聞きました。先生、意外にきちんとお炊事してらしたんですね。何もなさらないように見えるけど……」

「あの時、見舞いに来てくれたわ……」

「そうですよね。千葉の大学病院へ尋ねながら行きました」

「貴方が高円寺へ来る前、ご主人と別居する前よね。それほどまだ親しくない時だったのでわざわざ来て下さって、嬉しかったわ」

確かに朝子は、それほど、ゆきさんと親しくはなかった。

千葉大学の付属病院に入院しているゆきさんを、隼と暮らしていた、東京郊外の団地から、何故、見舞いに行く気になったのか、誰にゆきさんの入院のことを聞いたのかは、はっきりと覚えていない。

ゆきさんが入院していた大学病院の大きな建物の記憶は残っているのだが、建物の中の様子などは思い出せない。

駅からどう行ったのか、病院の中を迷わずにゆきさんの病室に行けたのかどうかも思い出せない。何階だったかも忘れてしまっていた。

大部屋の窓の側に、ゆきさんは紺の花柄の浴衣を着て寝ていた。

「紺の浴衣を着ていらした……、大きな花柄の……、足元に布団をかけて、背中を入口に向けて……、部屋に入った途端、鮮やかな紺色の浴衣が目につきました。それは今でも目に焼き付いています」

「あの時、朝子さん、お弁当を作って持ってきてくれたの」

「そうでした。でも……、何を作ったのか、忘れてしまいました。ちゃんとおかず出来ていました?」

朝子は忘れてしまったわけではなかった。

「貴方は、あまりお料理なんかしない人だと思ってたから、少し、吃驚したわ。鰤の照り焼き、玉子焼き、そして野菜の煮物……、玉子焼きは甘いのが好きなのです、と。甘い玉子焼きだった。何だか、みんな、優しい感じで……今でもよく覚えてるの」

「一緒に食べようと二人分作りました。二つ、お弁当を持っていきました」

竹で編んだ小さなお弁当箱を二つ重ねて紐で結んで持っていった。

「そうなの、私は食事したばかりだから、後で食べると言うと、何度も一緒に食べてと言って……一つは置いていってもらったわね……」

昼食が済んだばかりの時間だったのだろう。

「病院を探してるうちに、昼食の時間に遅れたのです」

病室で朝子はゆきさんと話しながら、自分の分を食べた。ゆきさんの分は、大きな笊《ざる》が柱に下がっていて、それに入れて残して帰った。

「こうしておくと、涼しくて食べ物が悪くならないの、と」

「あのお弁当箱、竹で編んだ上等のお弁当箱だったのよね。それで、他の器に移すから持って帰って、と言ったんだけど、要らないと押し付けるようにして帰ったの。大事にとっているわ」

朝子はカウンターのグラスを見詰めた。あれは母から貰ったお弁当箱だった。そう、思った途端、噴くように涙が溢れた。ゆきさんはそれを知ってか知らぬふりをしてか朝子から少し身体を離して、朝子の顔を見ないようにして言った。

「随分、使いこんだお弁当箱で、飴色になっていて、手の込んだものだったわ。大切な品物に思えて……朝子さんの思い出の品なのよね」

閉じ込めていた部屋の扉を蹴破るようにして朝子の中に母が現れた。

結婚する少し前、朝子宛てに手紙が届いた。朝子が知らない女性の名前だったが、母の妹だとはすぐ察しをつけた。

手紙の内容は、東京に発つ前に会ってほしい人がいるから来ていただきたいと、場所と日時が書いてあった。日時は二通り、その二日間、どちらでも都合のいい時に来てほしいと書いていた。〈いらしても、いらっしゃらなくても、私たちはそこに、その時間に居ますから〉と、最後に行を空けて書き添えていた。

場所は本線から分かれた支線の、急行が停まらない駅の、すぐ近くの公園だった。駅の名前もおぼろげに朝子の記憶の底に残っている。幼い頃、聞いた記憶があった。

指定された日の、最初の日に、会いに行くことを朝子は躊躇なく決めた。〈私たち……〉と書いていた。もう一人はむろん母だ。あの母だ。天皇の車を追いかけて川に落ちた日から、朝子の前から姿を消した、朝子が記憶から消そうとして生きてきたあの母だ。母と別れて、父が再婚した明るい母と暮らし始めて、いつも朝子は今のこの生活を、自分は追い求めてきたのだと思った。こんな家庭が欲しかったのだ。朝子は継母との暮らしに満足していた。

だが、会いたいと思ったことがない実母に、会いに行くことを躊躇しなかったのは、心の底の底に、あの母を忘れることが出来ない自分がいるからだと朝子は感じていた。

教えられた駅は、朝子が思っていたよりも小さな駅だった。駅の正面になだらかな、低い山並みが見える。舗装された道は真っ直ぐ山裾に向かって伸びている。

道の突き当たりに寺の屋根が見えた。少し手前に木々に囲まれた公園がある。〈あの公園だ〉

ブランコの横から公園に入っていくと、奥に東屋が見えた。その中に木のテーブルを前にして、初老の女性が二人並んで、こちらを向いて座っていた。

一人は着物を着ている。もう一人は白いブラウスに紺のスカート。朝子が思っていたより若く見えたが、その女性が母だ。色の白い顔が浮いて見える。公園を横切って朝子は真っ直ぐに二人に近づいた。

〈朝子です〉

着物の女性が立ち上がって、〈やすです〉と手紙の差出人の名前を名乗った。母の妹とは別人だった。

座ったままの女性に、朝子は記憶の底にある母の面影を探そうとした。俯いた頬が豊かだった。赤味がないこの頬に触った記憶がある。近くから見ても、朝子の想像を超えて若く見える。後ろで束ねている髪にも白髪はあまり目立たなかった。服装も女学生のようだ。

〈あなたをおんぶして、土手を歩いたことがあるわ〉

母は前に立った朝子の方を見ずに、俯いたまま低い声で言った。

〈何処に行ってたのかしら。いつも考えるけど分からないの〉

朝子が座ると、やすさんはテーブルの上に弁当を並べた。竹で編んだ風流な二つの弁当箱だった。

〈さー、食べてください。奥さまはお弁当だけは、ご自分でお作りになります〉

朝子は竹で編んだ弁当箱の蓋を開けた。小さなおにぎりが二つ、玉子焼き、鰤の照り焼き、野菜の煮物。少しずつ並んでいた。

〈一緒に食べていただこうと、今朝は私もお手伝いして作りました〉

赤い小さなお箸がついている。あの頃、この母と暮らしていたあの頃、こんな赤いお箸で食事をしたことがあった気がした。

〈毎日、ここでお弁当をいただくのです。奥さまは、駅と線路の方をじっと見ている時もあります。もう、ほとんど昔の記憶はないようです〉

やすさんは朝子の横へ来て、水筒からお茶を入れてくれたり、世話をやいてくれた。母は黙って、下を向いて少しずつ食べている。

木々に囲まれた公園の中で、朝子たちだけが世界から取り残されたように静かだった。人も通らない。車の音も聞こえない。

静かな中で、川の音が微かに聞こえてくる。木の間を透かして見ると、小さな川が公園を取り巻くように流れていた。川岸には草が生い茂り、咲き残りの赤いカンナの花が二、三輪水際に咲いていた。

母は朝子をちらと見ても、特別に感情を表さない。自分の娘である記憶も失くしているのだろうか。

〈奥さまは、病院で記憶が消されたように、出てらした後は、別人になられていました〉

(病院で記憶を消された!)

あの町で天皇の車を追いかけたあの日から、母は朝子の元には帰らなかった。精神病院に入院させるということで、警察沙汰にならなかったと、町の噂は朝子の耳にも伝わってきた。

退院した後は、母の実家の山間にある別荘に、世話をする小母さんと暮らしていると、後になって、母の親戚と名乗る女性が、わざわざ、校門で朝子が出てくるのを待って、伝えてくれたことがあった。

父にそのことは言わなかった。その時も、その後も、朝子は母に会いたいとは思わなかった。会えば、今の暮らしがなくなる。そのことのほうが怖かった。

〈私がお世話させていただいています。心配なさらないでください〉

朝子は黙ってやすさんに頭を下げた。朝子の前に座っている母は朝子とほとんど視線を合わせない。日が陰って、川の音ばかりが大きく響いた。母は膝の上にスケッチブックを置いている。

〈絵を描くのですか〉

朝子はやすさんに聞いた。母は黙ってスケッチブックを開いて朝子に見せた。朝子は母が何を描いているのか、見るのが怖かった。最初のページと次のページに葉が落ちた木が一本ずつ描かれていた。二枚とも同じように真っ直ぐに立った木だった。木の先端は画用紙の上で切れている。二本とも同じだった。

鉛筆の線は太く、強く一気に引かれていた。

〈パイ、パイして、とせがまれて、土手を歩いて葉のない木の所まで行ったわ〉

〈パイ、パイ?〉

何処かで聞いたことがある言葉の響きだった。

〈小さい頃、朝子さん、おんぶすることをパイ、パイ、と言ってらしたようです〉

〈パイ、パイして……〉朝子の言葉だった。朝子自身の言葉だった。

〈パイパイして……、あなたは、私の娘です。名前も忘れてしまったけど、私の娘です。パイ、パイ、してとせがまれて、葉っぱのない木の所まで、よく歩いて行きました。何故、貴方があの葉がない木が好きだったのか思い出せないの。草が繁った土手を歩いてあの木まで行ったことは覚えているのに、帰りの道を思い出せないの〉

母は、前を見据えて、一言、一言、はっきりと言葉を区切って言った。それでも私の顔を見ようとはしなかった。

この母の背に、自分を委ねた日の朝子は既に遠い。葉がない木を何故幼い朝子は見たがったのだろう。それは自分らしいようにも、そうでないようでもあった。

小さな赤ん坊をおんぶして、土手を歩いた、その記憶は残っているのだろう。だが、逆に朝子にはその記憶がない。母と共通の記憶がないことに、朝子は胸の奥が引き攣《つ》れるように痛んだ。

空の雲が千切れながら流れてゆく。川の音が一層鮮明に聞こえてくる。やすさんは食べ終わって、からになったお弁当箱を二つ重ねて、紺色の真田紐で縛ると風呂敷に丁寧に包んだ。そして、そのお弁当箱を二つとも母は朝子に黙って渡した。

〈これ……私に?……〉

〈お弁当をあの木の側で食べたのかしら、せめて、一緒にお弁当食べて帰ればよかったと、後で思ったわ。貴方にお弁当を作ってあげたことも、一緒に食べたこともなかった気がする。だから、私のことは忘れてしまったのかも知れない〉

〈多分、差し上げたいのですよ。二つとも持っていってください〉

朝子は麻の葉の風呂敷に包んだ弁当箱を抱いて立ちあがった。

帰る時間が近づいている。

〈お母さん……〉母は顔を上げない。

〈お母さん〉母の顔を見てもう一度言った。

〈パイ、パイしてもらった娘は私です〉

母は無表情のまま、いぜんとして膝に抱いたスケッチブックを見ている。

周りに靄が立ち込めた。靄は川の方へ流れて行く。水辺の赤いカンナの花が霞んで見えた。

〈娘の好きな葉っぱのない木を描いて……〉

周りを見回しても、この公園には葉のない木は一本もない。どの木も緑の葉が生い茂っている。

このまま別れれば、もう母と生きているうちに会うことはないだろう。朝子は母に何か伝えなければと思いながら、口の中がからからに渇いて声が出ない。

〈貴方と話したいけど、電話は掛けられないわ。帰りの道が分かったか貴方に聞こうと思って……電話をかけようとしたけど、番号の数字が多くて、忘れるの。電話もこなかったわ〉

〈いつか、娘から電話があるかも知れないと。急に言いだされたことがあって……、黒い電話機を寝る時も横に置いて……〉

朝子は母のことを思い出すまいとして生きてきた。若い継母と父と食卓を囲んで、今日あったいろいろなことを朝子は話した。継母に絶え間なく語りかけないと、思い出したくない過去のことが隙間から忍び込んで朝子を脅かすような恐怖に朝子はいつも捉われていた。

朝子はこの母を忘れたかったのだ。この母が今、何処で何をしているのかを一瞬でも思い出したくはなかったのだ。その一方で、いつか、朝子はその罪に問われるかも知れないと戦《おのの》いた。大きな西洋皿が並んだテーブルを囲んで、花がいつも咲いている庭を眺めながら、父と継母と朝子は朝と夕べお喋りしながら食事をした。この母が入り込む隙など、あの家庭にあるはずはなかったのだ。父は、あの頃、母を一瞬も思い出すことはなかったのだろうか。〈帰る道が分かったか聞きたかった、何処に帰ったのか聞きたかったの、一緒に帰ったのを覚えてないの……〉

生温かい靄が朝子たちの周りを一層厚く包み込んでいく。

〈何処ではぐれたのかしらね〉

やすさんは母の身体を抱えるようにして立たせた。母はすっきりと背筋を伸ばして朝子の前に立った。

〈ありがとうございました〉朝子は深く二人に頭を下げた。

母は女学生のように、膝に両手を置いてお辞儀をした。母は小さな声で何か囁くように言った。

〈えっ、何か？〉

朝子は、母に身体を寄せた。母の身体が熱いのか、漂っている靄が熱いのか、朝子の身体は急に火照った。

〈貴方は私の娘です。名前を思い出せなくても、葉の落ちた木が好きだった、あの娘です。帰り道が分からなくても、一人で、きちんとあの土手の道から帰れたのね。葉っぱのない木から帰れたのね〉

木々の葉が風に揺れる。風に靄が千切れる。

〈お母さん……〉

朝子は、自分が帰るべき所に帰れたかどうかは分からない。

朝子は逆に母に聞きたかった。自分が帰るべき所に帰れたのかどうかを。〈お母さん……〉

朝子は母の体温が朝子の身体の中に直接流れ込んでくるように、母を呼んだ。母が帰るべき場所に帰れたのだろうか。

〈こんなに大きくなって、もう、パイパイは出来ないわね……〉

母は朝子を見て、ふっと笑った。朝子も少し笑った。

母はやすさんに腕を支えられながら、朝子に背を向けて歩き始めた。細い足に短い黄色のソックスを履いている。靴も女学生のような黒い靴だった。ソックスも靴も華奢な母には大きすぎた。小さな背中だった。

二人は葉の茂った木と木の間を通って、公園を抜けると、川にかかった小さな橋を渡って行った。

朝子はその場に立ったまま、母の後ろ姿を追った。

二人は一度も後ろを振り向かなかった。何か急ぎの用事でもあるように、さっさと足早に向こう岸を歩いて行った。

川土手にも母が描いた、葉が落ちた木はない。川の側に大きな緑の葉を付けた木が数本並んでいる。その木の側から二人は土手を降りて行った。

そして母の姿はかき消されたように見えなくなった。

朝子は川の土手を眺め続けた。靄はいっそう濃くなって川を埋め尽くしていく。赤いカンナの花も見えない。

川の土手から山裾に向かって、畑の中を一本の道が通っている。目を凝らして見ても母の姿はその道にも現れなかった。

靄が切れて、立ち現れた木は幼い朝子が見た、葉が落ちた裸木にも見えた。そして、その細い木は母自身にも思えた。

ゆきさんがお弁当箱のことを言いださなければ、公園で母に会ったあの日のことを鮮明に思い出すことはなかっただろう。

朝子のグラスの中の氷はほとんど溶けかかっていた。ゆきさんは新しいグラスに氷もウイスキーも入れ替えてくれた。

「何か、昔のことを考えていた？　お弁当箱、貴方の大切なものではないかと思って、いつか貴方に返そうと思っていたの」

二つあった弁当箱の一つは朝子が持っている。一つは見舞いに行った時、ゆきさんに無理に押し付けて帰った。

公園で母と会った日、朝子は母の分も二つとも持って帰ったことを後悔した。母に返そうにも当てもない。

「あの時、思ったの。あまり親しくない貴方がお見舞いに来てくれて……、何故だろうって。あのお弁当箱を私にくださって、ずっと気になっていた。お弁当箱の中に竹の皮を敷いていたわ。珍しいのね」

「あの竹の皮、団地の近所の雑貨屋の小父さんに貰ったのです」

母が敷いてくれた竹の皮は、すぐ捨てた。母から手渡されたお弁当箱を使ったのは、ゆきさんを見舞いに行った時だけだった。押し入れの茶箱の一番下に仕舞いこんで、出すことはなかった。

「その後、お店によく来るようになって、貴方から、若いお母さんの話を聞いたわ。洒落た洋風の料理が得意なことや、明るくて、華やかで、とても貴方が愛されてきたことも……、あの竹で編んだお弁当箱や竹の皮には似合わないお母さんの話よね」

二つあるお弁当箱のうち誰かに一つは持っていてほしかった。

「やっと渡せて……」

ゆきさんが母に似ているわけではなかった。多分、年齢が同じくらいだと思った。他に渡せる人はいなかった。母の代わりを求めたわけではない。

「持っててください。二つ自分で持っていると落ち着かないのです」

ゆきさんは黙ったままだった。頷きもしない。その瞬間から今までのゆきさんと違って見えた。表情が変わった。

そして、ゆきさんは片方の頬を歪めて言った。

「神元さんから電話があったわ。先程、貴方が来た時、かかっていた電話がそうなの」

「やっぱり……そうなのですか」

「貴方が来てないか、毎日かかって来たわ」

「えっ！　どうして？　そんなこと一度も聞いてない」

神元の電話のことを、ゆきさんは一度も朝子に言わなかった。

「言いたくなかったの……貴方、神元さんの電話、此処へ来るたびに待ってたでしょ。分かってたのよ」

「神元さんは私に小説を書くの、勧めませんでした」

「えっ、いつ、そんな話をしたの？」

「いつって……、あの夜です」

「あの夜？　いつ、会ったの？」

ゆきさんは思いがけず、刺々しい言い方で、朝子を詰るように言葉を投げかけた。

朝子の前に立ったゆきさんは、朝子を威圧するように急に大きく見えた。何故、神元と朝子が話したことに拘るのだろう。

「そしてね、いつの間にかふしだらな女になるのよ」

ゆきさんは唇を歪めて冷笑した。形相が変わった。こんな態度を朝子は一度もゆきさんからとられたことはなかった。目の前にいるゆきさんが別人に思えた。

「どうしたのですか……、どうなさったのですか」

「ママ、なんて馴れ馴れしく呼ばないでよ。貴方のお母さんではないわ。貴方は、私に甘えたいのよ。お弁当箱のことも、気を引いて甘えたいのよ」

朝子は茫然とゆきさんの顔を見た。かつて、こんな冷淡な顔を一度だけ佐方先生のことを話すときに見たことがある。朝子は自分が別の世界に迷い込んだように思った。自分の居場所ではなかったのか。高円寺を選んだのは間違いだったのか。

「神元さんの電話のこと、貴方に言わなかったのは、神元さんに嫉妬してるのかもね」

「えっ、嫉妬？」

「男女の嫉妬じゃないのよ。彼はまだ若い。主人よりうんと若いわ。そして、文学青年の青さがあるのよね。作家として偉くなるかも知れない。時々、文芸誌に名前が載るでしょ。主人が書かなくなって長いのに、文芸誌の広告は必ず見るの。神元さんの名前が載ると、やはり表面ではよかったわ、と言うけど内心は嫉妬してるのよね」

ゆきさんは少ししんみりして、表情を和らがせて話しだした。

「小説を書く誰にでも嫉妬するのよ。主人はもう書けないと思う。貴方は多分、書き始めるわ。すると貴方にもきっと嫉妬するわ。情けないの、その自分が……貴方は小説を書くようになっても、主人に頼ることはないわ。神元さんに頼るのが目に見えてるの」

「まだ、小説を書くと決めたわけではないです。神元さんに頼るわけでもないです」

「でも、主人に師事するなんて考えないでしょう」

それは考えたことがなかった。

「私たちのこと、心配して訪ねてくれる人もほとんど居なくなって、今は武谷さんだけ……」

ゆきさんは高名な作家の武谷さんの名前を出した。

「あの武谷さん……」

「若い時から弟分だったの」

「今、お書きになってないですね。先生より大分お若いはずですが……ご病気ですか？」

「あなた、知らない？　奥さま亡くして、その後、二人の往復書簡を出版してベストセラーになって……」

「思い出しました。ご夫婦の愛の手紙……それも赤裸々な……」

「そうよ、それをある評論家から、あれは作家が出すべきものではないと、とても厳しく批判されて……筆を折った形になって」

「その批判も読んだことがあります。恥を知れ、みたいな……」

「そうなのよね……、作家は弱いのよねー。何故書けなくなるか、一瞬先は闇よね」

確か、この店で一度武谷さんには会ったことがある。

「彼は若い頃、よく家に来たわ。姑のお気に入りだったの。他の文学青年みたいに、お酒飲んで深夜までわーわー、文学論やるわけでもないし。一番先に姑の部屋に行くの、姑の好きな上等のお茶と和菓子や笹ずしのお土産を持って、姑の話し相手になって。ある日、この人と結婚したいと娘さんを連れてきたことがあって。その二、三日後、彼が一人で来た時、〈あんた、本気かい！　あんな女と！〉。姑は凄い剣幕で……確かに、美人ではないし、色が黒くて痩せた娘さんだった。私たちも意外だった。彼は美青年だったから」

ゆきさんは楽しそうに笑った。先生が書けなくなることも、武谷さんが将来有名な作家になることも、そしてその後、書けなくなることもその時には分からなかっただろう。

「本当に奥さまに惚れてたのよ。賢い奥さまだった。あの評論家の批判は異常に手厳しかったわ。過去に女性との間に深い傷があるのでは？　と噂したわ。武谷さん夫婦のような男女の関係は想像できないのでは。あの方は家に客が来ても、奥さまが会話の中に入ることを嫌って、奥さまが少し、客と話すと嫌な顔をしたそうよ。武谷さんは、私たちにはそのことには触れないまま……、愚痴も言わない」

「白髪がきれいな品のいい方ですね。一度、私と入れ違いに店を出て行かれました」

「そうなの、彼はお酒飲まないの。早い時間に来て、いつも言ってくださるのよ。何かあったら、僕が何でもしますから、って。海外旅行に出かけるときは、何日、留守をしますから、と。私が入院した時は高須さんにお世話になったわ。これからは僕が何でもしますからって武谷さん言ってくれるの。お店に来ても、主人が来る時間まではいないで。酔っ払った主人に会うのが辛いのでしょうね。いつも、戴いてばかり、今書いてないから裕福ではないはずだけど。息子さんたち立派に育ったし、蓄えはあるらしいから……もう武谷さんだけだわ」

朝子は黙ってゆきさんの話を聞いた。何も言えなかった。

常連の客が入ってきたのを潮に、朝子は店を出た。朝子が帰るときはいつものゆきさんに戻っていた。

朝子は駅前の公衆電話から、隼の新聞社に電話をかけた。

今夜、勤務しているなら、今の時間は朝刊の締め切りの時間で、社は戦場のようだろう。今までは、この時間にはかけたことはなかった。何か、隼に用事があるわけではなかったが、隼と話してみたかった。神元も小説もいつの間にか朝子からは遠い存在になっていた。

新聞社の交換手は朝子の名前を聞くと「奥さまですね」と抑揚のない声で言った。まだ朝子は隼の妻だということに、少しほっとする思いがあった。

隼にはなかなか繋がらなかった。今までは待たされても不安な気持ちを持つことはなかったが、今は気が焦った。

(もしかしたら、私の電話に出る気がないのかも知れない)

今まで感じたことがない疎外感だった。わずかな時間が長く感じられた。

「あー、僕だけど、どうした?」

いつもの隼の低い声だった。嫌そうな感じではなかった。ただ、周りが静かなのが気になった。

「今、一番忙しい時間でしょ。ごめんなさい」

それにしても、新聞社の戦場のような緊迫感は受話器から伝わってこない。

「いや……、いいんだ。今、資料室で調べ物してるから……電話、此処に廻ってくるまで時間かかったんだ。待ったただろう」

「資料室？」

「調研の、調査研究室……何か用事だった？」

「それで周りが静かなのね」

朝子は明日午後、会いたいと告げた。明日は土曜日、朝子の勤務は午前中で終わる。

「うん、いいよ、こちらまで来れる？」

朝子が承知すると、隼は、新聞社の近くの喫茶店を指定した。

それは、以前、朝子が隼の上司の大賀と会った喫茶店だった。あのすぐ後、大賀が新聞社の近くの交差点で見知らぬ男に傷つけられたと新聞で読んで、吃驚した記憶がある。朝子はそのことを隼に尋ねなかった。あの頃の朝子はただ、ただ毎日が息苦しかった。今の生活から抜け出したかった。隼と別れたかった。何故か？　と今、自分自身に問いかけても確かな答えは出てこない。

翌日、約束の時間より早目に、朝子が喫茶店に着くと、一番奥の窓際の席に隼は既に来て待っていた。

窓の外の舗道を通る人の群れを隼はじっと眺めている。

隼の白髪が耳の上に少し光って見えた。

「あー、元気そうだね」

「この喫茶店で、いつかあなたの上司の大賀さんと会ったの」

もう、随分前のことのような気がする。あの時、朝子は何を悩んでいたのかさえ、はっきりしない。

「あー、彼、そこの交差点で見も知らない男に傷つけられて……」

「やっぱり、そうだったの、あの方だったのよね」

「熱血漢でいい男だった」

「……だった？　まさか……」

「いやー、あの傷は大したことはなかったんだけど、関係がない通り魔だったのだけど、あれから弱ってしまって」

「今は？」

「今は、休職してる……、何だろう、傷はとっくに治っているのに、精神的に弱ってしまって、何故だかわからない。人にも会いたがらないし、あれほど仕事が好きな男が、あれほど社が好きな男が……」

あの彼は、どんなアクシデントにもびくともしない強さがあるように朝子には思えたが。

「人間脆いもんだと思ったよ」

隼は弱った上司の姿に、強い打撃を受けているように思えた。

〈社の為に〉と誇らしげに言った、巨大な新聞社を一人で背負ったようなあの時の彼の姿を思

い出した。朝子は自分が虫けらのように扱われたとあの時は思った。彼は精一杯隼を庇ってい
たのかも知れない。
朝子が何か言いだそうとした時、隼は身を乗り出して、少し小さな声で言った。この店にも
新聞社の人が居るのかも知れない。
「今度ね、動くかも知れない」
「動く？」
「自分で、異動願いを出した。しばらく、社会部を離れたくて」
あれほど社会部記者の仕事が好きで誇りに思っていた彼がまさか。
「うん、大賀さんが居なくなって、周りの状況も変わったし、うちの社には、一年間、調査研
究室で一つの研究が出来る制度があるんだ。そこで、こつこつなにかやるのもいいかな、と思
って」
「昨夜、資料室にいたのも……」
「うん、今は時間さえあれば資料を読んでいる」
自分との別居に関係があるのかと聞きたかった。
「毎日、毎日、新聞の記事になる対象を追いかけて、書いて、三日経ったら古新聞と言われる
のは本当だよ」
「それでも、あなたは生き生きしてた。羨ましかった。どんなにボロボロに疲れても、弱音吐

いたことはなかったじゃない」

「羨ましかった？」

　どんなに深夜に帰宅しても、朝刊が来る前には起きて玄関で立ったまま貪るように読んでいた、あの隼と別人になったのだろうか。その隼を支えなければならないと、思った時があったことも事実だった。

「最初の赴任地が大分支局だった。そして、短期間だったけど、筑豊通信局にも居た。石炭が終わりかけた頃……、東京に移ってからも三井三池の大争議のときは大牟田に応援に行って、長崎支局にも……それからは長い間、そんなことと関わりなく仕事してきた。東京から見ると、みんな抽象化されてしまって……ナガサキも筑豊も三井三池も……」

　朝子と一緒に暮らし始めた頃、仕事の話はしたことはあったが、今、隼が話すようなことを話題にすることはなかった。

「君が破って捨てていた写真、送ったけど、あの写真、ごみ箱から拾い上げて、捨てられなかった。多分、君の実母らしい人の手が少女の君の腕を摑んで……、そこは川の土手らしい、だが、草も木もない黒い土で……その写真を何度も眺めた」

　母が朝子をパイパイして葉のない木の所まで連れて行った、あの土手とは違う土手だ。その時から十年は経っているはずだ。

「あの町は筑豊の炭坑町ではないかと思った。炭塵で汚れた、川も黒く濁って……、あの写真が心に引っかかった。筑豊に居たのは短期間だったけど」

別居した後、隼の荷物に紛れこんでいたと、朝子の衣類と一緒にあの写真が送られてきた。

「あの町で何があったのだ」と隼は手紙に書いてきた。

「しばらく、調研で石炭をテーマに研究でもしたいと申し出ている。石炭は何もかも終わってしまったけど……遅すぎるけど」

あの写真を写した少し後、朝子は母と別れた。

「希望が通るかどうかは分からない。あれだけバリバリ働いていた大賀さんでさえ、少しのことで心が萎えてしまう。多分、新聞記者は常に戦場に居ないと生きられないのではないかと思った。しばらく戦場から離れると、もう戻れない。それくらい、現実の社会は僕らが考えているより、激しく動いているのではないかと思う。振り落とされてしまえば何も残らない」

隼は朝子の方を目で掬いあげるように見た。

「あの写真が何か僕に訴えた気がする」

朝子が結婚する前、公園で会った母は、帰れたかと心配そうに朝子に聞いた。一緒に帰った記憶がないと言った。帰るべき場所に帰れたかどうかは今も朝子には分からない。

「希望が通るかどうかは分からない。一年も社会部を離れたら。もう新聞記者として脱落して行くぞ、デスクが目の前なのにと……先輩の記者は心配してくれる」

そして、隼は思い出したように言った。

「何か用事じゃなかった？　君が電話してくるなんて珍しいから」

朝子は特別の用事があったわけではなかった。自分の戻れる場がまだ少しでも隼の中にあるのか、それを確認したかったのかも知れない。

人に言えば、今更、虫のいい話だと言われるだろう。あれほど、懸命に別れようと朝子を突き動かした力は何だったのか。

「君と別れたことも、切っ掛けになったかも知れない。いろいろなことを考えさせられた。何故、君が家庭を投げやりにしたのだろうと、何が不満なのだろうと、あの頃は君が分からなかった。君が踏み迷ったことは正しいのかも知れない。説明できないけど……僕だけが走っていたのだ。ただの日々の表層を……君はそれが分かっていたのかも……君は小説を書きたいのだろう。佐方先生の居る高円寺へ移った時、そう思った。そして、少し羨ましかった。日々、消えて行く仕事ではなくて、作品は残るから……」

「羨ましい」と言う隼の言葉は朝子には意外だった。小説を書きたいとも隼に言ったことはなかった。

「どんなに君のことを理解できたとしても、多分、君は一人で自分の道を切り開くより他はないだろうと思った。だから、別れていく君を引きとめなかった。僕が助けることは出来ないだろうと」

小説を書くかどうかは分からない。あの世界は自分が居られる世界ではないのではないかと、昨夜は思った。

「……自分の居場所ではないかも……」

小さな声で言った朝子の言葉に隼は何も言わなかった。店は客が立て込み始めた。隼はレシートを持って立ちあがった。店の前で、隼は下を向いたまま、立っている。「何か？」何も言わず、隼は歩きだしたが、すぐに戻ってきて言った。

「……札幌の支局に行かないかという話もあるんだ。それは今日、聞いたばかりだけど……」

「札幌？　北海道？」

九州で生まれた朝子は北海道は遠い見知らぬ地だ。朝子は急に心細くなった。

「行くことはないでしょ。今、調研の話、したばかりじゃない。こつこつ何かしたいと言ったのは、あれは嘘？」

「いや、嘘じゃないさ」

「心が動いてる？　誰もいない資料室で一人、何か調べ物をするなんて、一度、あの戦場を知ったら駄目かもね。そう、自分でも思ってるのね」

「さっき、君に話した自分の気持ちは嘘じゃない。本当だ。君にだけ話せた。青臭いと君なら言わないだろうと。しばらく、東京を離れてみて、それでも調研に行きたければ、その時でいいじゃないか、とある先輩が勧めてくれて。僕が別居したことで落ち込んでいるのだろうと
……」

「いいわね。いつも心配してくれる先輩がいるのね。別居するとか、離婚するとか仕事とは関係ないじゃない」

朝子はいきり立つように言ったが、新聞で社会の細々した人間の生活に関わっていると、背後にある私生活がいかに仕事に響くかを、新聞記者は心底知っているのかも知れないとも、朝子は瞬時に思った。

「別居した私が居る東京を離れた方がいいと……」

朝子に隼の去就について、責める権利はないはずだった。

「札幌への選択肢もゼロではないのね」

「調研に行きたいと思ったのは、大分前からだ。札幌行きは、今日だよ。まだ、何も考えてないよ。札幌って日本だぜ……」

隼は少し笑った。余裕がある。

朝子は心が波だっていった。朝子が近付けば隼は遠のいて行く。

隼はしばらく、朝子の側に立っていたが、何か言いかけた朝子に手を上げて、雑踏の中を縫うように社の方へ歩いて行った。

七

朝子は勤めの帰り、灯が点き始めた高円寺の商店街の入口で古本を並べて売りながら、手相見の看板をかけている店主から声をかけられた。

「朝子さん、あさこ、さーん」

親しげに歌うような口調で、前を通り過ぎようとした朝子を呼び止めた。勤めの帰り、朝子は幾度となくこの古本屋の前を通るが、自分の名前を知っていることに驚いて、足を止めた……。

「私の名前を。どうして？」

「何でも知ってるよ。千里眼だよ」

灰色のジャケットを羽織った、中年の店の主人は、にこりともせずに朝子の顔を見た。

「神元さんから、手紙を預かった。僕、佐山」

「手紙を？　神元さんから？　私に……」

神元からの手紙など、朝子には思いがけないことで、どう返事をしていいのか戸惑った。

「神元が君に渡してくれと……」

今度は神元の名前にさんを付けないで言った。

「私に？」

もう一度、朝子は、佐山に近付いて聞いた。

「うん、君にだよ……」

上着の内ポケットから、佐山は白い封筒を朝子の前にさし出した。朝子はその白い封筒を恐々と受けとった。表に〈朝子様〉と鉛筆で書かれている。姓はない。裏に〈神元〉と書かれていた。

「私に？　やはり私にですよね。神元さんから……」

朝子は不思議な気がした。

しばらく、神元とは会っていない。高円寺駅南口の噴水の前で深夜に別れたのは三カ月も前のことだ。

「ボア」にかかってきた神元から朝子への電話は、ゆきさんが一度も取りついでくれなかった。神元とは、あの夜から直接話をしないままだ。ゆきさんに対して、朝子は今までと違った感情を持つようになった。朝子は自分に何処までも、優しくしてくれるとゆきさんに凭《もた》れかかっていた。かつては、こんな人が自分の母だったらいいと思ったこともあった。朝子は自分が一度でも、そのように思ったことを考えると、今は、身体の中を冷たい風が通り過ぎていく感じがする。朝子は納得のいかないまま、朝子様と書かれた、神元からの手紙を手に持って見詰めた。

「僕、佐山仁。神元の友人」

「さやまひとし、さん」

朝子は口に出して言ってみた。「ボア」では会ったことがない。が、名前の記憶が残っている。

「佐山さん、小説、書いてました？」

「うん、書いてたよ。君は正直に過去形で言うね。そうだよ、書いたことがあった」

佐山は机を折りたたんだり、古本を風呂敷に包んだりして店を片づけ始めた。商店街は、今、灯が瞬きを始めたばかりだ。商売は今からなのに、佐山はもう店仕舞いするつもりらしい。

「待ってて……」

と、佐山は朝子に言うと、折りたたんだ小さな机と椅子を裏の雑貨屋へ持って行った。雑貨屋の倉庫に、机や椅子を預けているらしい。店を畳んだ後に、古本を紺の風呂敷に包んで置いていた。

朝子は手に持っていた、神元の手紙をバッグに仕舞った。

佐山は間もなく帰ってきて、古本を包んだ風呂敷を持つと駅の方へ歩きだした。

「少し付き合ってよ」

佐山は思ったよりも、近くで見ると若かった。白髪が目立つ髪を短く切って、灰色のジャケットの下に白いシャツを着ている。

駅の方へ足早に歩いて行く佐山は、一度も後ろから付いて行く朝子を振り返らない。高円寺駅の構内は夕方のラッシュが過ぎて、改札口を出てくる乗客はまばらだった。駅の構内で、やっと追いついて横に並んだ朝子に、佐山は話しかけた。

「君は、いつも商店街の呉服屋の前を通りながら、ショーウインドウに映った自分の顔をちらと見るだろ。僕の店の横の呉服屋さ。初めのころは、ショーウインドウに飾っている着物を見てると思ったよ。此処を通る女性の多くが、ちらと着物を見て行くから。でも、君はガラスに映る自分の顔を見てた。最初は自分の顔を見て、うっとりするナルシストかと思った」

「ナルシスト?」

確かに、朝子は呉服屋のショーウインドウに映る自分の顔を見る。

「……君はすぐ目をそらす。その場を足早に離れて歩いていく。何故かとても嫌なものを見た後のような顔をして」

以前、たった一度だけ、ガラスに映った朝子の顔が、上京する前、公園で別れた母の顔に重なって見えたことがあった。それは一瞬のことだったが、確かに母の顔に見えた。

母の顔に見えたのは、その時だけで、それから一度も母はガラスの中に現れなかった。そこには疲れた表情の中年に差しかかった女性がいた。それが朝子自身の顔だった。

「嫌なものを見たように去っていく君の後ろ姿を、何故か気になってしばらく見送ったことがあった」

「自分の顔が嫌だったの」

「それなら、見なければいいじゃないか。誰かを探してるのだよね。ガラスの中に誰かの顔を探してるのだね」

(母の顔を探してます。見失ってしまった私の母の顔を)

朝子は口に出して佐山にそのことを言うことが出来ない。

高円寺駅の構内を抜けて南側へ出た。あの夜、この噴水の横で神元と別れた。噴水の水は今日も出ていない。神元は朝子に小説を書くことを勧めなかった。

駅の南口に出て、左の坂を下りて銀行の角を曲がると「ボア」がある。朝子は佐山が「ボア」へ行くのではないかと思っていたが、彼は「ボア」の方へは行かず、右の坂を下った。

「「ボア」ではないのですか?」

「あんな店行かないよ。文学の敗残兵が集まってるみたいで、それでも、文学やる人の本音がもろに出ていて、面白いのかも知れない。誰が、今月の雑誌に書いた。あんな奴が、何であんな賞を取るんだ。あんなに素直に言えるのは、あの店しかないのかも知れない。新宿は有名な編集者なんかが来るから、格好つけなきゃいけないし」

坂を少し下った所にある、白い暖簾がかかった小さな店の前で佐山は立ち止まって、朝子を振り返った。店の白い暖簾には「啄木亭」と書かれている。

暖簾を分けて中へ入ると、田舎の小学校のようなごつごつした椅子と机が二組あるだけの小さな店だった。店の主人らしい、色の白い、黒眼の大きな女性は佐山と朝子をちらと見ると、黙って頭を下げてキッチンのある奥へ引き込んだ。

「この店は啄木の渋民村の小学校みたいに作ってるのさ」

客は朝子たちの他にいない。佐山と向かい合って座ると、昔の懐かしい人に出会った感じがした。間もなく朝子たちのテーブルに酒と肴が並んだ。何も言わなくても佐山の注文は分かっているのだろう。

「手酌で飲んでよ」

佐山はグラスに注がれた日本酒を飲み始めた。朝子の前には黒いお銚子と大ぶりの杯が置かれた。壁には何もない。木を打ちつけただけで、メニューも貼っていなかった。節目のないきれいな板だった。木の香りが漂ってくる感じがした。木のテーブルは粗末だけど、磨き抜かれていた。

「昔ね、神元と同人誌やってた。一緒に暮らしていた。彼は偉くなったよ。最近は、中間小説の雑誌の、目次の丁度いい位置に名前が載るよね」

朝子には目次の何処がいい位置なのか分からない。神元の小説も読んだことがなかった。店の前を通る人の話し声が、時折、聞こえてくるだけで、音楽もない静かな店だった。女主人は奥へ入ったままだ。

こうしていると、佐山と二人、北国の見知らぬ街にたどり着いたように思えた。

「知らない街に来たみたい……」

「神元は、今日の夕方、店の前に立って僕が来るのを待っていた。彼はすぐ、煙草のジタン一箱と、袋に入れた鉛筆をいつものように僕にさし出して……」

「鉛筆と煙草……」

朝子が聞いたことがない煙草の銘柄だった。

「ジタンは彼が吸っているフランスの煙草。流行作家でもないのに、偉そうにだよ。僕にくれるの。僕に頼みごとするときにはいつも同じさ」

「鉛筆は？」

「僕が削ってやるのさ。今でも肥後守の小刀で……二カ月に一度くらいかな、短いのや長いのや、新しいのも二、三本。必ず持ってくるよ。君が削ったのでなければ原稿は書けないから、と。昔、彼と二人で暮らしていた時、僕が彼の為に鉛筆を削っていた。二人とも売れない小説を書いていた」

佐山は神元の話をする時は楽しそうだった。神元の話をする為に朝子を誘ったのだろう。朝子は黙っていた。

「……神元は僕を商店街の裏の道祖神の横へ引っ張っていって……。この手紙を渡してくれと。

勤めの帰り道だから夕方、ここを通るはずだと。朝子さんの名前は言わなかったけど、すぐに君と分かった。封筒の表に名前が書いてあった。いつもガラスに顔を映して嫌な顔をする君だと分かった。そして、彼は道祖神に手を合わせて行ってしまった。彼は、どの神社の前を通る時も、必ず立ち止まって手を合わせる。いつも、そうさ」

「どうして？　私と？　分かったのですか」

「何故か、分かった。彼のことなら分かるんだ」

神元の手紙はバッグに入れたままで、まだ読んでいない。何が書いてあるのか、想像もつかなかった。

「あの頃は、二人とも作家になることしか考えなかった。ただ、それだけだった。随分昔のことさ。高円寺の駅が高架になる前、駅裏の小さなアパートで。彼のかみさんが身体壊して実家に帰ってた時、彼のアパートに転がり込んだ。布団も一つしかなくて、一人が起きて書いて、また交代して、二人とも働かないで、彼のかみさんが働いて貯めた貯金を切り崩しながら、ただ、作家になることしか考えなかった。他に何も考えなかった」

いつのことだろうか？　朝子は佐方先生の書斎を思い出した。

狭い部屋に似つかわしくないくらい、大きな机の上の、何も書かれていない原稿用紙が朝子の目の前に立ちあがってくる。佐方先生はゆきさんが店に出かけた後、この時間は、まだ一人で部屋で飲んでいるだろう。

「本当に、二人とも、作家になることしか考えなかった」

佐山は自分に言い聞かせるように再び言った。何も言わないで、女主人は空になった頃を見計らって佐山のグラスに一升瓶から酒を注ぎに来る。

机の上には朝子が今まで食べたことがない、名前も知らない焼き魚と刺身の皿が置かれていた。

「彼は小樽だよ。僕は会津、奥会津……」

朝子は凍った魚の一切れを口に入れた。九州では食べたことがない。ゆっくりと口の中で氷が解けていった。

薄いピンク色をした刺身は朝子が初めて見る魚だった。

目の前にいる佐山は商店街の路地の入口で、手相見の看板を掲げていた時のうらぶれた感じはなかった。酒の入ったグラスを長い指で摑んだまま、顔を傾けて朝子を下から眺める、その動作が「ボア」で会ったときの神元に似ていた。

「あの頃は、神元と蜜月だった。何もかもが楽しかった。小説が売れないことも……、二人とも貧乏してるのに、それも楽しかった。彼の為に鉛筆を削ってさ、あの頃は安い鉛筆さ。芯がポキポキ折れて、今はドイツの何とか言う鉛筆さ。削るのは、今でも小学生が使うような肥後守の小刀」

朝子は大ぶりな盃をゆっくりと口に持っていった。熱い酒が喉を伝わって胃の中へ下りていくのが心地よい。皿の上の干物にはまだ手をつけていない。佐山のグラスに何度目かの酒を注ぎに来た女主人は朝子に「早く食べないと冷えるよ」とぶっきらぼうに言った。

「これ、嫌い？」

女主人は皿の上の干物を朝子の前に寄せた。朝子が初めて見る魚だった。

「いえ……」

彼女の言葉はぶっきらぼうだが温かく、北の訛りを感じた。

あの母は、どうしているだろう。朝子は不意に母を思い出した。初めての店で、初めて口をきいた男と今まで食べたこともない北国の魚を食べながら、朝子はあの母を思い出した。〈あなたは私の娘です〉母の声が甦る。

母は毎日、何を食べているだろうか。小母さんは母の好きなものを食べさせてくれているだろうか。母の好きなもの……。

朝子は長い間、母の食べ物のことなど考えたことがなかった。何が好きかも考えたことがなかった。

上京する前、公園で母と一緒に食べた、あの時のお弁当も朝子は忘れたいと思ってきた。甘い玉子焼き、そして……。

朝子は目の前に置かれた干物の魚に箸をつけようとした。

（そうだ、母は鯛が好きだった）朝子は思い出した。

大きな鯛を真ん中に置いて、二人で食べた。母は朝子に鯛の身をむしって、小さな皿に取り分けてくれた。

(頭はお母さんね)

あの、大きな鯛は父の患者さんからの贈り物だったのだろう。

母は鯛の頭が好きだった。鯛の頭の中から器用に細い骨を箸で摘み出して、目の前で翳すように、曲線の白い骨を長いこと眺めていた。

〈人の耳の後ろにある骨の名前は何と言ってたかしら、お父さんが教えてくれたわ。そして空洞があるんですって。その空洞がとても大切ですって。小さな空洞が巣のように集まっているんですって。若いころ、よくお父さんは、私に話してくれたわ。身体の中のこと、貴方も生まれてなくて、まだ二人きりで……、空洞があるのよね、骨に囲まれたその空洞も生きてるんですって。お父さん、偉いお医者様なのよ〉

母は自分の身体の中の空洞を確かめでもするように、白い骨を見詰めていた。父のその頃の記憶はない。

(そうだ、母は鯛が好きだった) 鯛の骨を見る度に母は父へ近づこうとしていたのか……。

「鯛だったのよ」

朝子は不意に涙が噴き出した。朝子は自分の耳の後ろを押さえた。〈骨と骨に挟まれた小さな空洞がある〉

「おい、どうした？　鯛？　鯛が食べたいのか！」

（母は鯛が好きだったのよ。頭の白い骨が好きだったのよ）

曲線を描いた細い骨を持った母の白い指が甦る。

（お父さん、私の指が好きだったわ。骨をしゃぶっているとね、その指をお父さん、自分の口に入れるの、美味しそうに舐めるの）

皿に載った平たい干物の上に朝子の涙が落ちる。手に持った盃の中にも落ちる。

佐山はテーブルに身を乗り出して、低い声で朝子に声をかける。

「おい、泣くな……。鯛くらい、いくらでも食べさせてやる。僕は奥会津の田舎生まれだから、小さい頃は鯛なんて食べたこともない。食べたいと思ったこともない」

母は大きな鯛の頭から出した骨を、目の前でしばらく眺めると、お膳の横に大切そうに並べた。

今も、あの公園のある村で小母さんは、鯛を母に食べさせてくれているだろうか。そして、母は鯛の頭から骨を出して、今も眺めているだろうか。

〈身体の中の空洞が大切なの。空洞は生きている〉

隼と暮らした団地の部屋で、朝子の部屋だけ灯が点いていて闇の中で明るかったと、深夜に帰宅した隼が、朝子の枕元で言ったことがあった。あの頃、朝子は毎晩灯を点けて寝ていたが、闇に囲まれて寝ていたのだと、後になって思った。灯は点いていたが、空洞の中に寝ていたのか、空洞に囲まれていたのか。でも、〈空洞も生きている〉。

朝子はあの母を忘れて生きれば、心の中の空洞を埋めることが出来ると思って生きてきた。母を忘れたはずなのに、不意に母が甦ってくる。激しく朝子の前に母が立ち現れてくる。

隼との暮らしの中で、一度も鯛を食卓に出したことがなかった。買った記憶もない。隼の誕生日にも、隼の書いた続きものが社で賞を貰ってお祝いした時も、鯛は食卓に出したことがなかった。あえて、朝子が避けたのか、記憶にない。義母は大皿に盛る洋風な料理が得意だったので、鯛が食卓に出た記憶はなかった。

「おい、泣くな！　今度、金があるときに、鯛を食べに連れて行ってやるよ」

佐山は心配そうに朝子の顔を覗き込む。

初めて会った佐山が、遠い昔、何処かで会った母の田舎の親戚の小父さんに思えた。

「新宿に瀬戸内の魚を食べさせる店があるよ。そこに連れて行ってやるよ。泣くなよ」

佐山は白いハンカチを渡した。きれいに洗濯されてアイロンがかかったハンカチだった。

隼には母のことを話さないまま別れてしまった。〈あの町で何があったのか〉隼は朝子が破って捨てていた母と朝子が写っている写真を送ってきた。

そして、隼は朝子に黙って札幌に赴任して行った。隼の新聞社に電話をかけた朝子に〈北海道支社の報道部に転勤しました〉と交換手が告げた。

朝子にはもう、帰る場所がない。離婚届を出していないだけで、隼の心は朝子から離れてしまったに違いない。

あの公園で、あの時母は〈帰れたかしら〉と心配そうに聞いた。朝子を背負って葉のない木の所まで行って、そこから朝子が帰るべき所に帰れたのかが心配で、その不安がいつまでも母の心の底に残っていたのだろう。

あの時から時が止まって、母は自分の中の空洞といつも向き合って生きているのだとしたら……。

せめて、母の好きな大きな頭の鯛を一緒に食べればよかった。もう一度白い骨を取りだして眺める母を見たかった。

母の身体の中の空洞は、細いが強い骨に囲まれて、今も呼吸をしているに違いない。

〈お母さん、お母さん〉

朝子が帰れたかどうか、心配していた時に、朝子は若い華やかな義母と父の三人で食卓を囲んでいた。これが探し求めていた自分の家庭だと思った。あの母など入り込む隙もなかった。

「原稿を書いて、お金が出来たら、新宿のお店に鯛を食べに連れて行って」

母のように鯛の頭から細い骨を出してみよう。

隼には何処かへ連れて行ってと、言ったことがなかった。

「原稿かー、もう、ずいぶん、原稿は書いてないね。神元と同棲した頃から二十年になるかな。あの頃は僕の方が神元より才能があると思っていた。でも、そうは言わなかった。君の方が才能があるから、といつも神元に言っていた。そして、彼の為に鉛筆を削っていた。あまり尖りすぎてもいけない。彼が丁度書き易いように、いつも削っていたよ。彼の方が世に出て……、かみさんの身体も治って帰ってきて……、それで二人の共同生活は解消した。あの頃、誓ったんだ。もし、どちらかが世に出ることがあっても、お互いの原稿は一番先に読みあおうよ。今出している同人誌もお互い、どんな有名な作家になっても続けような、と約束したんだ」

「それで？　その同人誌は？」

「直ぐ止めたよ。僕の方から言ったんだ、止めようって。彼はほっとした顔をしていた。その同人誌は、小説と評論で、左翼的と人からは言われていた。神元が商業誌から注文がき始めた時、彼が全部捨てた。こんな同人誌をやってたなんて言わないでくれよ、と言った彼を軽蔑したけど、仕方ないよな。考えてみれば、短い期間だったけど、彼とは何十年も一緒にいたような気がする」

「解消して、他の街へ行かなかったのですか」

「そうなんだ。この街を離れることが出来なかった。三流の雑誌に少し書いたことがあったけど……、その頃だろう、君が僕の名前を知っているのは。広告だけは派手な雑誌だったから」

「神元さんの鉛筆は今でも？」

「彼が言うんだ。やはり君の削った鉛筆で書きたい、と。僕を近くに置いておきたいのだろう。本当に原稿を僕の削った鉛筆で書いてるかどうかは分からない。でも、いいんだ。彼の優しさと思ってる」

「原稿書いて鯛を食べに連れて行って……、忘れずにいたら……私でよければ鉛筆削ってあげるわ」

新聞記者の隼は、上着の胸のポケットに、何本も鉛筆を入れていた。家に帰るとポケットから出した鉛筆を机の上に纏めて置いていた。朝子は隼の鉛筆を削ったことがない。

「えっ、僕の為に！」

（母が鯛が好きだった、そのことを思い出させてくれたから……）朝子は隼に母のことを言うことが出来なかった。佐山にも言うことが出来ない。朝子は彼のハンカチをバッグに仕舞おうとした。

「それ、僕のだよ」

「勿論、洗ってお返ししようと思って」

「止めた方がいいよ。神元に分かったら大変だよ。彼はやきもち焼きだよ。君が他の人のハンカチを持ってるなんて知ったら大変だよ」

佐山は何を言ってるのだろう。神元が付き合っている他の女性と朝子を間違えているに違いない。

「あの、私、神元さんとのお付き合いはないのですが、他の女性と間違っていらっしゃいませんか」

朝子は何となく可笑しくて笑った。

「いや、付き合いがないのは知ってるよ。でも、必ず始まる。彼が道祖神の横で、僕に手紙を預けた時、売れない小説を二人で書いていた、あの頃の彼が戻ってきたような気がした。書いても、書いても、出版社から返された……。今、彼は、注文があると書く、それがいつまで続くかと不安でもあると思う。同人誌も始めた。小さくお利口さんに纏まってる。それで満足はしてないと思う。何かで変わりたいのだと思う。多分、君に小説を書くことを勧めるよ」

あの夜、噴水の側で別れる時、神元は朝子に小説を書くことを勧めなかった。

「神元のことは一番僕が知ってる。彼は俗な男だけど、彼自身の文学の力よりも文学の才能を見つける力の方が彼にはあると思う。文芸誌に新人の作品が載って、これは伸びると彼が言うと、たいてい伸びる。いい作品を書いて、きちんとした作家になっていく。神元自身は中間小説しか書かないけど、読むのは文芸誌だ。小説を書いてみるといい。僕に君への手紙を渡しながら、彼女は小説を書ける、と少しはにかんで言ってた。自分を賭けてみたいのかな」

神元は朝子に何を賭けるというのだろう。でも朝子の中で神元の存在が急に大きくなった。

「私は帰るところがないの」

「えっ！」

「違うの。部屋はあるの。そういう意味ではなくて……」

「そうか……、僕の故郷は奥会津で桐の木の産地なんだ。親父は箪笥職人で、村の家は何処も桐の木を植えていた。あの木は手入れが大変なので、手入れし易いように、家の近くに植えるんだ。家の前に川が流れていて、その川岸に桐の木が並んでいた。桐の木は昔、金の木と言われたよ。高く売れたんだ。僕が大学に行くときも、桐の木を何本か売って、東京へ出してくれた。桐の花の咲く頃、夕暮れ、花が川面に映って、揺れてきれいだった。暗くなるまで川面に映る薄紫の桐の花を眺めて過ごしたよ。ある時から、外国から桐の木が輸入されてきて、十分の一の値段さー。親父は桐の木を全部切り倒して、死んだよ。僕も帰る故郷はないよ」

朝子は母が描いた葉も花もない木を思い出した。

朝子が幼い頃、母に背負われて、度々、見に行ったという木は葉も花もない木だった。母は今も、あの葉も花もない木を描き続けているだろうか。

「鯛を食べに連れていくからな。神元には言うな。しばらく、あそこに毎晩立ってるよ。今までのようにガラスに顔を映してくれ」

「薄紫の花が川面に揺れる……」

「そうだよ、きれいだよ」

川面に漂う薄紫の花を朝子は見たいと思った。

「いつか、佐山さんの村に連れて行ってください。桐の木の村に。川面に揺れる花を見たい」

「もう、桐の木はないいんだ。残った木もほとんど枯れたそうだ。手入れをしないから」

「葉も花もない木はありますか？」

佐山は怪訝な顔で朝子を見た。

「もう、随分、帰ってないから……、君は葉もない木が好きなのか？　冬は桐の木も葉も花もないよ。花のない時の木が川面に映るのは見たことないな」

朝子は黙って下を向いた。

あの日、公園で別れた母は土手を下りたところで、姿が見えなくなった。土手の下に小さな川が流れていた。川の土手には緑の葉が生い茂った木が立っていた。あの小さな川面にも緑の木が映っているだろうか。

葉も花もない木を朝子は好きではない。だが、朝子の幼い頃、葉のない木が好きだったと母は言った。その木を母は描き続けている。母にも川面に映る薄紫の花を見せたいと思った。

先程から、朝子はバッグに入れたままになっている神元の手紙が気になっていた。

佐山の前で読むのを一瞬、躊躇したが、思い切って、白い封筒の封を髪にさしているヘアピンで開いた。

手紙は白い紙に鉛筆で書かれていた。佐山の削った鉛筆だろう。


君は難しい女だと思う。

今のままでは、自分の難しさに埋没してしまうのではないかと気になる。

小説を書いてみないか。

今の状況から抜け出すことが出来るかどうかは、君の力次第だ。

朝子　様

別居しているのに、籍をそのままにして、まだ姓もそのまま使うのは不潔だと思う。

神元　賢

封筒の裏の神元の名前の横に電話番号が書いてあった。

朝子は手紙を封筒へ返しながら、少し笑った。

「何故、おかしい？　神元、小説を書けと書いてあっただろう？」

「不潔だって、私が、まだ夫との籍をそのままにして、姓を今まで通り使うのが不潔だって……、だって、変でしょ。神元さんとは何の関係もないじゃない。親しくもないし、その人から、こんなこと言われるなんて変でしょ」

「多分、君に惚れたんだろう。時間も、会った回数も問題にはならないから」

「……難しい女だ、って。私のこと、何も知らないのに、どうしてこんなこと言われなきゃいけないのかしら」

朝子は少し憤然として言った。そして、同時に、今までの世界とは一歩別の世界に足を踏みに過ごすうちに、神元にだけはずっと入れた予感がした。

朝子の周りに、今までこんなことを言う人はいなかった。今の自分の状況とは何だろう。

「神元は言ってたよ。難しい女だって、だから書ける、ものになるかも知れないって……、作家は貪欲だから、何でも自分の物にするんだ。彼は腕力で書くようなところがある。がーっと何もかも取りこんでいく。君の中に何かを見つけたんだと思うよ。君はしっかり、彼を踏み台にして生きるといい」

彼はもう一度、懐かしそうに言った。

「神元との暮らしは楽しかったなー、女なんて二人とも要らないんだ、あの時は……、何処に行くにも一緒だった。これでは男遊び、だねって笑った。青春だった。君のお陰で久しぶりに彼のいいところを思い出した。今のようにおどおど編集者の顔色を見たり、N賞の候補にどうしたらなれるか、大物の作家にすり寄ったり、そんな彼ではなくて……、いつか、僕の故郷の話をしたとき、十分の一の値段で桐の木が輸入されて、親父は桐の木を全部切って死んだ話をした。神元は泣いたんだ。いつか、作家になって、一緒に奥会津に帰ろう、売れなくてもいいから、桐の木を植えよう。二人でそのそばに書斎を作ろう。川面に映る桐の花を見て過ごそうよ、そう言って泣いてくれたんだ。この一瞬だけでいい。神元は僕の永遠のダチ公だと思ったよ。あの神元が僕の神元だ。彼がいる限り、この街から離れられない。鉛筆を削ることも止められない。君のことを話した時の神元は、僕の神元だった。彼の周りに居た文学少女は何人か彼に弄ばれて、駄目になった。君はしっかり彼を食って生きていけ、難しい女を崩すな」

絣の前掛けをした女主人が、表の暖簾を店の中に入れた。

佐山に「まだいいよ」とぶっきらぼうに言った。多分、佐山と親しいのだろう。佐山は勘定を奥へ払いに行った。

「心配するなよ、金はあるよ。しばらく倉庫番をしたから……」

店を出た朝子は、前を歩く佐山に言った。

「桐の木の村に連れて行ってください。桐の木はなくても、やはり川面に薄紫の花が今も映ってるような気がします。その川じゃないと駄目なのよね。他の川では見えないのよね」

本当は母に見せたいとは言わなかった。佐山は一度立ち止まって朝子を振り向いて言った。

「彼のかみさんは、賢いよ。年上の糟糠の妻さ、彼はかみさんとは別れないよ、多分……」

佐山は、横の路地の入口にある青いネオンが点いた店へ一人で入って行った。

そして、朝子は一人で高円寺駅を北口へ抜けた。


朝子は神元の手紙を机の上の家の文箱に仕舞ったまま、連絡はしなかった。佐山の店の前も避けて通った。

「ボア」のゆきさんからも連絡がなかった。今までは朝子が二日行かなくても〈元気？〉と電話があった。高円寺の街が朝子には今までの街と違って見えた。

札幌の隼に電話をしたが、席にいないと、何度か断られた。

半月後、隼から手紙がきた。住所は新聞社の北海道支社になっている。

君に、黙って来てしまった。多分、君からは軽蔑されるだろうなと思いながら。調研の話は本気だったんだ。しばらく、こつこつ勉強しようと思った。あの時はそう思っていた。

あの後、君のお父さんに電話をした。

海辺の診療所に一度訪ねて行きたいと。そして、調研と北海道支社の話をした。北海度支社ではデスクにという話もした。

お父さんは調研よりも北海道支社行きを勧めた。意外だった。

〈まだ、若い。戦場で戦うべきだろう。デスクという地位になれば、必ず、それなりのことがある。職場の中の地位はそんなものだ〉

そんな意味のことを言って札幌行きを勧めた。

それで、吹っ切れた。

デスクにと言われた。東京本社ではなれなかっただろう。正直に、それに引かれた。また、君に軽蔑されるだろう。

何度か君のアパートの近くまで行った。遠くから君の部屋を見た。胸が詰まった。環七のすぐ側で、車の音が絶え間なく聞こえる、粗末なアパートで。一緒に札幌に行かないかと、言いそうになった。

君が好きだ。別れてからも好きだ。

でも、また僕と一緒になっても、君の未来は開けないような気がする。

小説を書いてほしい。

覚えているかな。君と一緒になってすぐの頃、映画を見に行った。世に出る前の女の作家が貧乏しながら、小さな部屋で机に向かって書いている姿が、何故か君に重なって見えた。

その帰り、言ったと思う。君に重なって見えたと。その時、君は吃驚した顔をしていた。そうだろう、僕も何故なのかは分からなかった。別に小説を書きたいなどと、君は言ったことはなかったし、文学が好きでもなかったからだ。本は僕の方が読んでいた。

君の部屋を見た時、その時のことを思い出した。

別れる前は重い日々で、あれほど悩んだのに、今はすっきりしている。別れたことはお互いに良かったのではないかと思う。

多分、君が再婚するまで、僕は再婚しないと思うし、もう、結婚は考えられない。

子供のことが、ちらと頭をかすめる。君と子供のことを話したことがなかった。女は結婚すると子供を欲しがると思っていた。

きちんと、君とそのことを話したことはなかったけど、子供を産むことを拒否してるのではないかと思った。

理由は何なのか。多分、聞いても君は言わなかっただろう。僕は他の女とは子供は作らないと思う。

君は物を欲しがらなかった。それは君の育ちの良さから来るのかと思っていたけど、違うように思う。

結婚して一年くらい経ったときだったろうか。余分な金が入ったので、君に〈何か欲しいものはないか〉と聞いた。

〈欲しいもの？〉と僕の顔を見た。そして、下を向いた。涙ぐんでいるように見えた。

その時のことを、こちらに来てから、度々思い出す。

僕を見た時の目を思い出す。冷たいというより、空虚な目だったと思う。何故、涙ぐんだのかも分からない。

君は僕との生活に戻らない方がいいような気がする。

そのこともあって、黙って来た。

情けないけど、僕では支えられないほどのものを君は負って生きている気がする。僕は事実ばかりを追いかけている新聞記者だけど、文学の世界でなければ、自分を本当の意味で解放することが出来ないものがあるのではないかと、最近思うようになった。

ただ、僕と結婚してよかったかな、と思うことが一つある。

〈あなたと一緒になって、新聞を丁寧に読むようになったわ。知らないことばかりだった。社会のことが少しは分かったわ。私が全く知らない世界が沢山あるのよね〉

そんな意味のことを言ったことがある。新聞記者の僕と一緒になって、君の役に少しはたったのかと思う。小説を書く上でも社会を知ることは大切な事だろう。

頑張って書いてくれ。

白紙の離婚届を同封する、君の書くところを書いて返送してくれ。提出はいつにするか君に相談する。

隼

朝子　様

追伸
先日、釧路へ取材に行った。湿原の果ての地平線に夕陽が落ちるのを見た。またたく間に湿原は、夕陽を呑みこんで闇になった。世界が暗転した。あの夕陽を君と見ることが出来ないのは、少し淋しい。

朝子は離婚届の用紙を見た。薄い緑色の線の中には文字は何も書かれていない。

見ていると胸が苦しくなった。朝子も望んだ離婚だった。だが、今、朝子は、自分が予期せぬ理不尽な力で追い詰められているように思った。隼が離婚届の用紙を送ってくるなんて考えたこともなかった。

朝子は心の何処かでは、隼は自分と離れることが出来ないと思いこんでいたのだ。

隼の手紙と離婚届の用紙を机の上の文箱に仕舞おうとして蓋を開けると、一番上に神元の手紙が載っていた。佐山から渡された、あの日から初めて見る神元の手紙だった。朝子は、封筒を手にとった。封筒の表に朝子様、と書かれている。訴えかけるような鉛筆の力強い筆跡だ。

朝子は神元の手紙と十円玉を何枚か摑んで、アパートの階段を駆け降りた。スチール製の階段を降りる朝子の足音が、周りに大きく響いた。

朝子のアパートの周りは、木に囲まれた古い住宅が並んでいる。生垣の角を曲がる時、微かな金木犀の香りがした。

朝子は住宅街のはずれにある公衆電話のボックスに駆け込んだ。

神元の封筒の裏に書いている電話番号を一つ一つ確かめながら、ダイヤルを回した。

すぐに受話器が外れる音がして女性の声がした。気配ですぐ妻とわかった。朝子が名前を名乗ると神元の妻は明るい声で親しげに朝子に呼び掛けた。

「朝子さーん、今、彼ね、仕事中なの、まだ、一時間くらい、かかるかしら。一時間後に焼きそば食べたいって言ってたから。彼ね、いつも急に何が食べたいって言いだすの。お料理作ってても、何にもならないの……急に言いだすのよ」

神元の妻は楽しそうに、ピクニックにでもいく前のように弾んだ感じで朝子に話しかける。

「あっ、待っててね、彼が出て来たわ。代わるわね」

神元の声が遠くで聞こえ、すぐ電話に出てきた。

「おい、今、何処だ！」

神元は朝子が何か言いかけるのを遮って言った。

「一時間後に……いや、四十分後だ、高円寺駅の構内で待っててくれ」

神元は朝子の返事を待たないで電話を切った。

横に居るはずの神元の妻の顔が浮かぶ。その面影を吹っ切るように、朝子は電話ボックスのドアを強く開けて外に出た。

掌に電話の残りの十円玉が二つ。急いで部屋を出たので、サンダル履きだった。ストッキングの先が破れて爪先が出ている。薄汚れた爪だった。朝子は、一度部屋へ帰って出直そうと、二、三歩、歩きかけたが、すぐ踵を返した。部屋に一度帰れば決心が鈍る。

神元の手紙と十円玉二つをポケットへ入れてそのまま高円寺駅へ向かった。〈何か欲しいものはないか〉。隼の手紙の中の言葉が甦る。その言葉が、そのまま朝子の胸に食い込む。朝子はわけもなく涙ぐんだ。多分、隼に聞かれた時と同じだ。あの時と同じ自分だ。

高円寺の街はビルに囲まれて、隼が見た夕陽が落ちる地平線は見えない。母と会った、あの村を取り囲む緑の低い山並みも見えない。
朝子は高円寺駅の方へゆっくりと歩いて行った。だが、この街は朝子の街だ。

八

朝子は高円寺駅の隅のベンチに座って神元を待った。正面の改札口からは時折、人が溢れるほど出てきたが、間もなく駅構内は人も疎らになって静かになった。

神元が電車で駅の改札口から出てくるのか、タクシーを南口でおりるのか、北口でおりるのか分からなかった。考えてみると、朝子は神元の家が何処にあるのかさえ知らなかった。

先程の、電話に出た神元の妻の声が朝子にまとわりつくように、甦ってくる。明るい澄んだ声だった。

朝子がまだ何も話さないうちに、神元の妻は、あたかも朝子から電話があることを既に知っていたかのように自然に話しだした。朝子が神元の家に電話をしたのは初めてだった。

神元はなかなか来なかった。約束の時間はとっくに過ぎ、駅構内の店はシャッターを下ろして閉める準備を始めた。

終電の客が改札口を出てしまうと、駅員が朝子に近づいてきた。多分、駅の入口を閉めるから、出て行くようにと伝える為だろう。駅員から話しかけられる前に、朝子はベンチを立って駅の南口へ出た。約束の時間はとっくに過ぎているが、このまま待つのを止めて部屋へ帰る気には、なれなかった。

不思議なことに朝子は、神元が約束をすっぽかして来ないだろうとは少しも思わなかった。南口の噴水の水は今日も止まっている。

あの夜、朝子はここで、神元と別れた。「ボア」で新聞記者に無視された神元に同情して、朝子は彼に付いて店を出た。

それまで、朝子は「ボア」でも神元とは親しく話したことはなかった。朝子が知っているのは、神元が作家だということだけだった。作品は読んだことがない。

朝子はあの夜、心の何処かで、神元が自分に小説を書くように勧めるに違いないと期待していた。だが、神元は朝子に小説を書くことを勧めはしなかった。そして、この噴水の側に朝子を置いたまま一人で去って行った。その後、「ボア」にかかって来た神元から朝子への電話はゆきさんが取りついでくれなかった。

その時から、長い時間が過ぎて行った気がする。

噴水の側のベンチにただぼんやりと座り続けて、朝子は神元を待ったが、彼はなかなか来なかった。終電で下りた人たちも、とっくに居なくなっている。

勤め帰りらしい男性が、朝子の前を一度、通り過ぎて、また朝子の前に戻ってきた。

見知らぬ男性だったが、警戒心は起きなかった。

「大丈夫ですか?」

カバンを小脇に抱えている。

「はい……、大丈夫です。人を待ってるんです」

ベンチに座ったまま、前に立った男性を見上げて言うと、その男性は、噴水の方へ身体を向けて言った。

「この噴水、いつも止まっているけど、水が出ることはあるのですか」

男性はさも不思議そうに噴水に近づいた。

「……水は出るんです。でも、夜は止まってることが多いですね」

「なるほど、そうか。僕はここを通るときは、いつも夜遅くなるんです。だから、見たことがないんです」

朝子は夜の噴水も見たことがある。色がついていた。多分、水に光を当てているのだろう。

男性は親しげに朝子に話しかけた。人恋しいのだろうと朝子は思った。

「僕ね……、この街に月に一度、子供に会いに来るんです。別れた妻が引き取ってる五歳の男の子……、こんなこと話して良いかなー、貴方は人を待ってるんですよね。いいなー、人を待つなんて、久しぶりに聞いた。僕の子も、僕を待っててくれるのかなーと、今思いました。僕はいつも、子供に会う日を待っている、後、何日かな、と、時間が過ぎるのを待ってる。会える日を待ってる。あいつが、一人で僕に会いに来ることが出来るまでには、後、何年かかるだろうか。僕が今度はあの子が来るのを待ちたい。貴方は、お子さんは？」

「子供はいません」

朝子の言葉は強く響いた。あの公園で別れた母は、朝子を待っていてくれるだろうか。細い亀裂のように痛みが走る。

「そうかー、僕ねー、子供に会った後、この近くの焼き鳥屋で飲むんです。そして、いつも終電に遅れる……」

神元に子供がいるかどうかは知らない。隼との間に子供がいたら、別れていただろうか、朝子は時折、そのことを考える。隼は子供は作らないと手紙に書いていた。もし、朝子が隼の子供を連れて、離婚していたら、隼はこの男のように、この街に会いに来てくれただろうか。

「……貴方の待ってる人は必ず来ますよ」

男性は、脇に抱えていたカバンを、手に持ち直して言った。

「このカバンに息子へのお土産を入れてきたのです。軽くなって淋しい」

男性はタクシー乗り場の方へ去って行った。

噴水の側のベンチに座った朝子の背で、駅の構内の電気が一斉に消えた。朝子の周りが暗く沈んだ。朝子は暗い駅を見ないようにした。自分も闇の中にのみ込まれてしまうような気がした。闇の中で踠《もが》く自分を想像して脅える。

商店街の入口のガラス張りの喫茶店は明るい。こちらから見ると、人が水槽の中で泳いでいるように見える。客が沢山居るのに、声は聞こえない。

間もなく、灯が煌々とついた喫茶店の横の路地から、男性が一人走り出してきた。神元かと朝子は目を凝らしてベンチから立ちあがった。真っ直ぐに朝子の方へ近づいて来る男性は、神元に似た背丈ではあったが、神元ではなかった。佐山でもなかった。

白い封筒を手に持って小走りに近づいてくる男性に、朝子は何処かで会ったことがある。多分、神元の知り合いに違いないと思った。

朝子はその場から動かないで、男性が近づいてくるのを待った。(多分、神元が何かの理由で来られなくなったのだ)

今まで、神元を待って緊張していた朝子の身体から一気に力が抜けていった。

「朝子さん？　朝子さんですよね」

息を切らしながら、朝子の前に立った初老の男性は、朝子に突き当たるように近づいて言った。

(神元は来ないのだ)

この男性は神元の使いの者に違いない。

「……やっぱり」

「えっ？……やっぱり？」

続けて何か言いかけた男性に、朝子は、一歩近づいて少し大きな声で言った。

「やっぱり、神元さんは来る気がなかったのですね」

朝子の本心とは別の言葉が、不意に口をついて出た。朝子は、神元が必ず来ると、今まで信じて待っていたのだ。

がらんとした深夜の駅の構内のベンチに、一人で座って長い時間神元を待ったその心細さが、今になって急に朝子を強く押し包んだ。心細い。「心細い」朝子は小さく呟いた。今だけではなくいつも朝子は心細かった。

「いいんです……」

朝子には次の言葉が出てこない。何が〈いい〉のか自分でも分からない意味のない言葉だ。目の前に居る男性に、同情をされたくないと、ただ、それだけのことで、朝子は身構えた。

「いや、違うんです。待ってください……」

男性は息を整えて、大きく深呼吸しながら背を真っ直ぐにして、朝子と対峙した。やはり、何処かで出会った顔だ。黒い前掛けをしている。

「僕は、あの商店街の中ほどで古書店をやってる、大塚という者です」

何度か店に行ったことがある。本が入口から奥まで積み上げられて、その店の一番奥に主人は座っていた。入口からは本が邪魔して、奥に座っている主人は見えない。

古本を四、五冊、板の上に並べている佐山とは違う、本格的な古書店だ。〈あまり本を売りたがらない、変わった古書店。変人だよー〉と佐方先生から聞いたことがある。今、朝子の前に居る初老の男性は、変人には見えなかった。いつも下を向いて、本を読んでいる主人は、客が入ってても見ようともしない。あの古書店の主人だ。

神元とこの街の人々との繋がりの強さを感じた。

先日、朝子への手紙を神元から預かった佐山も、大塚も神元との関係は朝子には窺い知れない特別な関係に思えた。

「あっ、急いだので……」

大塚と名乗った男性は、慌てて黒い大きな前掛けを外した。

「神元さんから電話があって、その伝言を、早く伝えなければいけなかったのですが、こんなときに限って客が居て、店を閉めることが出来なかったので遅くなってしまいました。済みません、待ったでしょう」

「やっぱり……」

〈来る気がなかったのでしょう〉という言葉を、朝子は辛うじてのみ込んだ。言えば、朝子自身が哀れに思える。

「何か、出にくい事情があったらしくて……、遅れるから待っていてくれと、伝言を頼まれました」

「出にくい事情が？」

大塚は少し、朝子から目を逸らした。

「原稿が遅れたのですか？」

「いえ……、いや……、そうかも知れません」

大塚の言葉は歯切れが悪かった。

「事情？……」

不意に神元の妻の電話の声が甦った。朝子を誘いこむように優しい、そして歯切れのいい言葉だった。妻が原因かも知れない。

「神元さんは、このあたりの店で待つように、伝えてくれと言ったんですが、僕が止めたんです。どんな用事か分からないけど、大事な話が二人にはあるのではないかと。神元さんが言ったわけではないんですよ。それで、朝までやってる飲み屋も駅の近くに何軒かあるけど知人に会うかも知れないし、大事な話は出来ないのでは、と……」

「大事な話？」

「いや、僕がそう思っただけで……、それで、高円寺を離れて、新宿西口のＫホテルを勧めました。あそこの一階のレストランは二十四時間営業してます。柄も悪くないし……」

新宿西口にあるＫホテルは朝子も知っている。が、入ったことはない。

「Ｋホテルですか？」

西口に聳え立っている一流ホテルだ。

朝子の心は次第に萎えていった。今から、新宿まで行くのは気が重い。

隼からきた離婚届の用紙を見て、朝子は逆上した。何かに救いを求めるように神元へ電話をした。そのことが間違っていたのかも知れない。電話をした時は、確かに神元に会って話がしたかった。それから後のことは考えていなかった。

「あのホテルの一階のレストランは明るいし、いつも大学の先生らしい人や学生が本を読んでいたり、作家が原稿を書いたりしています。女性が一人でも大丈夫なところです。終電に乗り遅れて、僕も神元さんも、始発まで居たことがあります。酔客は入れないのか、会ったことがありません。だから、そこで待つようにしたらいい、と僕が神元さんに提案しました。彼も賛成して、高円寺駅の構内で僕を待ってるはずだから、行ってそのように話してほしいと頼まれました。詳しいことは何も……、名前は朝子さん。それだけです。噴水の側に座ってる貴女を見た時、すぐに分かりました。時間が経っているので、もう居ないのでは、と心配しました」

神元より年上に見えるけれど、神元にはきちんと敬語を使った。

神元からの手紙は朝子の上着のポケットに入っている。封筒の裏に神元の電話番号が書かれていた。駅の構内で、神元を待つ間、何度もポケットの中の神元の手紙の封筒を握り締めた。受け取ったその日から、机の上の箱の中に入れたままだった。簡単な文面はほとんど暗記していた。が、今日まで神元へ電話をする気はなかった。手紙の存在をほとんど忘れていた。隼から送られてきた離婚届を入れる時、神元の手紙が朝子の胸元へ素早く飛び込んできた。

「ここに八千円と少し入っています」

大塚は手に持った白い封筒を朝子に差し出した。

「今日の売上、全部……、これでも、今日はいい方です。千円もない時もあります。これで、コーヒーでも……何か食べても、タクシー代も入れて間にあうと思います」

大塚は封筒を朝子の手に握らせた。朝子は、まだ自分が新宿のKホテルに行くことを承知したわけではなかった。決心がつきかねていた。が、このまま、部屋に帰ることも考えられなかった。

ポケットの中には電話をかけた残りの二十円しか入っていない。薄汚れたサンダルを履いている。サンダルを気にしている朝子に大塚は言った。

「あのホテルはサンダルの客を入れないことはないです。気になるなら、横にあるレストランの入口から直接入るといいですよ。大丈夫ですよ」

あの大きな高層ビルのホテルを思い浮かべながら、朝子は一段と自分がみすぼらしく思えた。

「タクシーで行けば、この時間なら二十分はかかりません。僕がきちんとタクシーに乗せますから」

「あのー、神元さんは何故、遅くなったのですか？」

大塚は朝子から目を逸らした。再び、神元の妻の声が甦った。澄んだ明るい、屈託のない声だと、あの時は思った。が、それが作られたものである気もした。

「神元さんは遅くなっても必ず行きます。今夜は、家には電話はしない方がいいと思いますよ」

「あの、このお金……お借りします。電話した残りのお金が二十円しか……」

朝子は心の余裕が出来て、笑いながら言った。

大塚が渡してくれた封筒の中には、小銭が入っているらしく朝子の掌の中で、硬貨の触れあう音がした。

朝子は、離婚届の用紙が入った箱があるあの部屋から少しでも長く遠ざかっていたかった。隼とのことを、考えたくはなかった。離れていれば、考えなくても済むと思ったわけではなかったが、今はあの部屋に一人で居るのが怖かった。

「あっ、いいんです。神元さんから預かっていた本が売れたのを、まだ彼に渡してない分です。そのことは神元さんに伝えています」

「神元さんとは、古いお付き合いですか？」

「うーん、いつからかは忘れましたが、店の二階で同人誌の集まりをやっていたのです。二階といっても屋根裏のような所です。親父がまだ生きていた頃だから……、もう長い付き合いです。この駅も高架になる前です。ガードに沿って小さな店がならんでいましたよ」

朝子は佐山を思い出した。多分、彼も一緒に同人誌の集まりを大塚の店の二階でやっていたのではないかと思った。

大塚から渡された小銭で少し重い封筒を折りたたんで、朝子はポケットの奥深くに仕舞いこんで、大塚に頭を下げた。部屋に帰りたくない朝子はKホテルに行くより仕方なかった。

「多分、彼は家から、真っ直ぐKホテルに行くと言っていましたから、そんなに待たなくていいと思いますよ」

「あのー」

朝子は神元が家を出るのが遅れたのは、妻のことが原因ではないかと、再び言いかけた時、大塚は朝子に背を向けて、タクシー乗り場の方へ歩き始めた。

タクシー乗り場の先頭の運転手に、大塚はKホテルへ送ってくれるように伝えながら、開いた後ろの座席に朝子を押し込むようにして、車から離れた。

タクシーの窓から、後ろを振り返ると、大塚は、同じ場所に立って、朝子の乗ったタクシーを見送っていた。

夜の青梅街道は車も少なく、二十分もかからないで、新宿西口のKホテルに着いた。大塚から言われていたのか、タクシーは正面に着けないで、レストランの横の入口に直接着けてくれた。

高円寺駅の付近の薄暗さに慣れたせいか、朝子の目にレストランは眩《まばゆ》いまでに明るかった。光は大きなガラス窓を通して、道路まで溢れるように流れている。

入口のドアをそっと開けて中に入った朝子は、周りに気兼ねしながら隅のテーブルに座った。

反対側の奥のテーブルには、大塚が話したように、大学の教師らしい男性と若者たち数人が書きものをしている。客はまばらだった。

粗末ななりの自分が明るい光の中で、一層場違いに思えた。

注文を聞きに来た給仕に、朝子は下を向いたまま、小さな声でコーヒーを頼んだ。大きな分厚いメニュー表はほとんど見なかった。

レストランの周囲は細い緑の木々に囲まれている。林の中のレストランに居るようだった。

朝子は上京前、母と会った木々に囲まれたあの小さな公園と、低いなだらかな山並みを思い出した。母は、今でも葉のない木を描いているだろうか。硝子戸を通して緑の木を眺めているうちに、朝子は少し落ち着いてきた。時計を忘れてきた朝子は、今、何時頃か分からない。

終電が終わって、噴水の側のベンチに、しばらく座っていた後、大塚と会った。あの時から、何時間も時間が流れたように感じたが、案外短い時間だったかも知れない。

高円寺を離れたことは、朝子にとっても、いいことだった気がしてきた。神元の伝言と、お金を持ってきてくれた大塚には、勿論、離婚届が送られてきたことは伝えていない。でも、朝子の救いを求める気持ちを分かってくれているような安心感が、今になって伝わってきた。神元は電話で、朝子が何も言わないうちに、高円寺の駅で待っているように一方的に言って、電話は切れた。堰を切ったような、あの神元の言い方は、追い詰められた朝子の急場を察知したのかも知れない。何も言わなくても、こちらの気持ちを分かってくれる、朝子はそのように思いたかった。コーヒーを朝子が飲み終わる頃、朝子の前に神元が立った。

少し小首を傾げながら、黙って朝子の前に座った。

神元は今まで、朝子とここで何度も待ち合わせをしたことがあったように自然な感じがした。

「やっと……」

朝子は次の言葉が出ない。

「出かけようとした時に……」

「出かける時に？　何かあったのですか？」

神元は真っ直ぐに朝子を見た。

「いつもは、そんなことはないんだが、女房が発作を起こした」

「発作を？」

「うーん……、もう何年も喘息の発作を起こしたことがなかったのに……原稿を書き上げて、出かけると女房は喜ぶんだ。いつもは……」

「喜ぶんですか？　お出かけになるのを……奥さまは」

神元は、それには答えず、運ばれてきた白いコーヒーカップを手に持ったまますぐには飲まず周りを見回した。

「いつもの先生、来てないな。この時間に、いつもあの席に座って……」

そして、朝子でも知っている有名な、ある作家の名前を神元は口にした。

「このホテルで書いてるんだろう。あんなに売れてる作家なのに、いつも淋しそうで……挨拶するのも遠慮してる」

髪の長い若い女性が、呆けたように外を眺めていた。朝子が高円寺で神元を待っていた時も、あんな表情をしていたのかも知れない。あの時は、自分が周りから、どう見られているかなど、考えてもいなかった。その女性の客がいつ入ってきたのか、気配も伝わってこなかった。奥のテーブルで書きものをしている大学の教師らしい男性は、こちらをちらと見ると、また目を下に向けて書き始めた。ペンの音が聞こえそうに静かだった。

風が出てきたのか、木の葉が揺れる。風の音は聞こえない。

「書きあげた後、お出かけになるのを、奥さまは喜ぶのですか？」

よく意味が分からないまま、鸚鵡返しのように、朝子は再び聞いた。出かけるのを喜ぶ女房の気持ちが朝子にはよく分からない。

隼はいつも家に居なかった。そして、隼が居ないことが不満とも朝子はだんだんに意識することがなくなっていった。

「僕が家に居ると、ゆっくり掃除も出来ない、掃除機の音が煩いと怒鳴る。客が多い、その接待に追われる、そんなことなんだろう。外出するのを喜ぶんだ」

神元の話の中から、作家の生活の一面が分かったような気もした。

「今日も、君の電話から四十分もかからないで、書きあげて出かけようとしたら、女房が喘息の発作を起こした……それで……」

「それで、今はいいのですか？」

朝子は自分でも間の抜けた問いかけだと思いながら、神元の顔を見ることが出来なかった。

「いいんだ、すぐ近くの医者が来てくれて、落ち着いた」

神元の妻が発作を起こしたのは、朝子の電話の所為だろうか。胸が苦しい。そんな場面を朝子も父と母の間に幼い頃、見たことがあったような気がした。

「それで、変なんだ……。十年も前に別れた女の名前を出して」

「十年も前に別れた女性？」

横にいる妻の存在を無視したように、神元は電話で朝子と会う約束をした。

「十年も前に別れた女のことを言いたいのではないさ……」

妻が発作を起こした原因は、やはり朝子にあるに違いない。

「……自尊心が強い女で、僕の女に嫉妬するのは、彼女の自尊心が許さないのだろう」

「自尊心？」

朝子はほとんど使ったこともなかった。

「よく、君は自尊心のお化けだと、女房に言うことがある」

朝子は少し笑った。意味のない笑いだった。

「おい！　笑うな！　何で笑うんだ」

きっとなって神元は口を歪めて、朝子を詰問でもするように詰め寄った。思いがけない神元の反応に朝子は戸惑った。朝子は何故笑ったのか自分でも分からない。

「奥さまを笑ったわけでは……」

「僕が彼女のことを言うのはいいよ。だが、君が彼女のことをあれこれ言うことはないよ。言う権利もないはずだよ」

「権利だなんて……」

権利なんて朝子は考えたこともない。そんな神元との関係ではない。何も始まってはいない。朝子には神元が何故、そんなにむきになるのかが分からなかった。

「多分、君に会いに行く僕が嫌だったのだ、本能的にそう思ったのだよ。十年も前に別れた女なんて、彼女は気にもしてないはずだ。すぐ、別れるわよと、僕がその女に夢中になってる最中に、既に言ってたから。それも確信ありげに、そして言う通りになった」

〈彼のかみさんは、賢いよ。年上の糟糠の妻さ。彼はかみさんとは別れないよ〉と、言った佐山の言葉を思い出した。

「彼女が発作を起こしたのは、君とは今までのように簡単にはいかないと、逆に彼女から予言された気がする。それが、嫌なんだよな。彼女の掌の上で動かされてるようで……、いつも、そうなんだ。僕が気がつかないうちに、私の方が早く分かってたわよ……と」

朝子は目の前の神元が急に小さく見えた。

(賢い妻の掌の中で生きてればいいではないですか)
朝子は心の中で、目に見えない敵と戦ってでもいるかのように身構えた。
目に見えない敵は、多分、神元の妻になるだろう。そんな関係の中で翻弄されるに違いない
これからの自分が哀れにも思えた。多分、敵はある時は妻だけではなく、そちらの方に神元も
付くのだろう。朝子の方に神元が付くことにはならないはずだ。
まだ、始まってもいない神元との未来が、朝子に重く、狭く迫ってくる。
(自分はその狭い門を、既に潜ったことになるのか)
レストランの反対側の入口近く、観葉植物で囲まれた一角があった。そのテーブルの方から
微かに、皿の触れあう音が聞こえてきた。振り向くと、軍服を着たアメリカ兵らしい一団が三
つのテーブルについて、食事を始めるところだった。
いつ、その兵隊たちが部屋に入って来たのか、靴音も聞こえなかった。きちんとカーキーの
軍服を着た白人の一群は、黙々と食事をしていた。会話は聞こえてこない。食事をしているの
に、物音ひとつしない。色が白い、頬がピンク色をした少年のような兵士が、朝子の方をちら
と見て、パンを千切って口に入れた。赤い唇だった。その静けさが、朝子には異様に見えた。
朝子は前に居る神元を忘れたように、食事をする兵士のテーブルを見詰めた。静かすぎる。
今は、まだ夜が明けない。朝食には早すぎる。
「おい、あまり、見るな……」

神元が囁くように朝子の方へ身を乗り出して言った。神元は身体を曲げて兵士の方へ背を向けている。

「何故？」

朝子の声は思いがけず、大きく周りに響いた。途端に、神元は苦い顔をして硝子戸の外に目をやった。

書きものをしていた男性は、腕組みをして、神元と同じように硝子戸の外を見ている。このレストランのほとんどの客が、あの食事をする兵士たちをそっと息を潜めて見詰めているような気がした。

間もなく、食事を終えた兵士たちは、あっという間に部屋を出て行った。やはり、靴音はしなかった。会話も聞こえてこなかった。

テーブルの上の食器を給仕たちは、あっという間に片づけた。給仕たちの動作も手早く静かだった。

テーブルの上には何もなくなっていた。そこで、何人もの兵士たちが食事をしていたことが、夢だったかのように、跡形もなく何もかも消えていた。兵士たちが食事をしていた。ただ、それだけのことなのに、その前と後ではこのレストラン全体の空気が変わっていた。

神元はまだ無言だ。髪の長い若い女性は、兵士たちが去った後、姿を消した。何かが起こったわけでもない。兵士が去った後の白いテーブルクロスは、皺一つなかった。

言葉を出すと、何かの均衡が壊れそうだった。

「何があったのですか？」

しばらくすると、遠くで車のエンジンの音がした。重いエンジンの音だった。

「若いな、みんな……」

「……今から、横田基地へ運ばれて……、多分、夜が明けたら、ベトナム戦の前線へ飛び立って行く……」

朝子は少年のような兵士のピンクの頬を思い出した。

「若いな……」

神元は再び言った。

「お母さんも……」

「えっ……、何だ……」

「お母さんもいらっしゃる……」

「当たり前だ。何人生き残れるか……お母さんが、どうしたのだ」

朝子は、遠い昔、幼い頃、父と訪ねた長崎郊外の島を不意に思い出した。多分、敗戦後、数年経った頃だったと思う。


その島には大波止の港から、船で十五分くらいで着いた。

島に上がると、丘の上に小さな教会が見えた。その教会の神父さんを見舞いに訪れるのだと、父から船の中で聞いた。

〈この島に、一度、朝子を連れて来たかった〉

島に着くと、父はそう言って、しばらく対岸を眺めていた。島の近くに造船所のドックが見える。

ドックを指差しながら、父は船を造ったり、修繕したりする施設だと教えてくれた。ドックの中には船はなかった。

港から上がったところで、畑仕事をしていた婦人が、頭を覆っていた手ぬぐいを取って、父に深くお辞儀をして挨拶をした。父はその婦人に、自分が教会に行っている間、朝子をこの近くで遊ばせて居てほしいと頼んでいた。

父は教会の石段を上る前、石段の下にある古い家の周りをゆっくりと回って、畑の所まで戻ってくると婦人に聞いた。

〈いつですか？　あの家を壊すのは……〉

〈もう、間もなくと思います。親戚の方に連絡が付きましたから〉

〈あのまま、残してほしいと言うわけにもいきませんね〉

父は、その古ぼけた家に、とても拘っているように思えた。父は、しばらくその家の前に立って、しばらくすると教会の石段を上って行った。

畑仕事の手を止めて、婦人は朝子にトマトを千切って手渡してくれた。赤い大きなトマトだった。

〈今年、一番のよかトマト、嬢ちゃんにあげましょうたい。先生は神父さんにお別れにこらしたとかね。神父さん、もうお年で弱っとられるからねー〉

父は度々、この島を訪ねていたのだ。そのことを朝子は知らなかった。

朝子は畑の横の、父がゆっくりと周囲を回った家の前に立った。古ぼけた二階屋で、二階も下も雨戸を閉め切っている。陽光に光る緑のカエデの大きな木が家を覆うように立っていた。

木漏れ日が雨戸に降り注いでいる。跳ね上がった泥で汚れた雨戸の汚さが光の中で一層際立って見えた。

周りの家はどの家も、二階も一階の雨戸も、戸も海に向かって開け放たれている。軒先に洗濯物が風に揺れていた。この家一軒だけが、周りの風景の中で取り残されていた。

〈あの家のお婆さん、先日、亡くなったんです。そん時も先生に来ていただいて……、先生に最期は診て欲しいと、常々、言っていたので、夜でしたが、小さな島の船で先生を呼びに行きました。すぐ、先生が来てくださって、手を握って亡くなりました。おばあちゃん、これで全部終わりました。心残りはありません、と……〉

雨戸にこびり付いた泥は重なって二重、三重になっている。

〈戦時中、そこの三菱造船所で、大きな軍艦造って、この港を出て行く時は、島の家は全部、上も下も雨戸を閉めろ。外に出てもいかん！　家の中で目を瞑って、許しが出るまで決して目を開けてはならんぞ！　とお触れが出て、私たちは雨戸を閉め切った暗い家でじーっと目を瞑っていたとですよ。軍艦が港を出て行くまで〉

明るい陽光は、島の隅々まで行きわたっている。

〈戦争が終わって、もう雨戸を閉めなくてもいい、明るい陽を部屋の中へ思う存分入れて、窓を毎日開け放って喜んだ、とです。でも、あのお婆さんだけは雨戸を閉めたまま……、島の人がどんなに説得しても閉め切ったまま……、一人息子さんが戦争で亡くなって……、先生にもお願いして、雨戸を開けるように説得してほしいと、でも、先生は話しに行って、いいじゃないか、あんな人が一人くらい居ても。決して忘れない、そんな人が一人くらい居ても……、好きにさせてやってくれ、あの雨戸を閉めた家の中で、一人で息子さんを弔っているのだろう。一人息子を戦争で殺された、せめてもの母親の抵抗だろう、と仰いました。それから、ちょくちょく、お婆さんの家に先生は訪ねてくるようになったと、ですよ〉

朝子は、その日、明るい日差しの中で、泥で汚れた雨戸が閉め切られた家の前で、父が下りてくるまで待った。金縛りにあったように朝子は、その家の前から立ち去ることが出来なかった。

あれから、一度も朝子はあの島も、あの泥で汚れた雨戸が閉まった古い家も思い出すことがなかった。

父は、あの日、朝子にあの泥で汚れた雨戸を閉め切った、あの家を見せたかったのではなかったか。

兵隊が去った後の白いテーブルクロスがかかった、人が一度も座ったことがないような、そんな感じがするテーブルを見詰めた。

「……何人帰還できるだろうか」

神元が呟いた。

「多分、故郷でお母さんが待ってるはずですよね」

「そうだろう……」

「戦争が終わっても、戦時中の命令のまま、雨戸を閉め切って、決して開けないお母さんを思い出したのです」

「雨戸を？」

神元は怪訝な顔で聞いた。

そして、朝子は、母を思い出した。島を訪ねた時、母は朝子の元に居なかったと思う。

上京前、小さな公園で会った母もまた、天皇の車を追いかけたあの日から、自分の部屋の中へ逃げ込んでしまったのだと思った。朝子からも家族からも離れて。自分から逃げ込んだのか、周りから閉じ込められたのかは分からない。

〈好きにさせてやってくれ……、一人くらい、あんな母親がいてもいいだろう〉

そう言ったということだが、その時、父は父で母のことを思い出しただろうか。

「……戦時中、長崎の造船所で軍艦が完成して、港を出て行く時、周りの島の人たちは雨戸を閉めて軍艦を見ないように命令されたのです」

朝子は今思い出した、人に一度も話したことがない島の老婆の話を神元に聞いてもらいたかった。

「長崎造船所は戦艦を造ったからなー」

「それで、戦争が終わって、もう雨戸を開けてよくなっても、戦時中と同じように、決して雨戸を開けない島のお婆さんがいたのです。一人息子を戦争で殺されて……、泥が二重、三重にこびり付いて汚れた雨戸を決して開けないのです」

泥で汚れた雨戸を、朝子は鮮明に思い出した。古ぼけた家を覆うように立っていた緑の木を朝子は思い出した。木漏れ日が泥で汚れた雨戸に光の模様のように流れていた。あの家を思い出した。

レストランの硝子戸の外の木々が灯に浮き上がっている。木の葉が微かに風に揺れている。若葉の匂いがこの部屋の中にまで漂ってきそうだった。島に行った時も、若葉のこの季節だった。

父と船に乗って帰る頃、小雨が降り始めた。港を取り巻いている島々が寄り添うように煙って見えた。父も朝子も遠く霞んでいく島を見詰め続けた。

夜明けが間近だろうか。夜が明けたら、あの兵士たちはベトナムの前線へ向けて基地を飛び立って行く。朝子は自分の周りに戦争があることを忘れて生きてきた。天皇の行幸で、戦争の残滓も忘れられたと思ってきた。

「島の人がどんなに説得しても、お婆さんが雨戸を開けないので、説得を頼まれた父はお婆さんに会った後、帰って来て、好きにさせてやってくれ。決して忘れない、あんな母親が一人くらい居てもいいだろう、と言ったそうです」

「好きにさせてやってくれと……、お父さんが……」

「言葉もなく、黙々と食事をするあの兵士たちをみて、きっと、アメリカにも息子の帰りを待つお母さんがいるだろうと……息子が戦死した後の母親は、どうするのだろうと……泥で汚れた雨戸を戦後も閉め切った島の家を思い出しました」

神元は黙って朝子の話を聞いていた。

「君に会う為の大事な話だ。待たせて悪かった。先程も言ったように、女房が発作を起こして、すぐに出られなかったのだ。僕が君に会うのを止めたかったのだろう。身体で抵抗したのだと思う。多分、彼女は君のことが僕よりも、分かっていたのではないかと思う」

確かに、朝子は神元に会いたかった。隼から送られてきた離婚届を見て、後先の考えもなく、神元に電話をした。だが、それがこんな大ごとになるとは予想をしていなかった。ただ、隼の離婚届の用紙から離れたかったのだ。隼に裏切られた思いがした。そう思ったことに、朝子は自分自身で傷ついていた。

「佐山に預けた僕の手紙、読んでくれたと思う。君は難しい女だと、あの時は直感的に書いたが、ほとんど君のことを知らなくて……、それは正しかったと、今はより確信的にそう思う」

朝子は自分が難しい女だと思ったことはない。

「君の電話を待っていた。会って、何を話すかは決めていなかった。多分、今度会えば、小説を書くように勧めるだろうとは思っていた。それが君にとって果たしていいことなのか、躊躇することもあった」

朝子は、遠い北海道の隼のことを思った。そして、釧路の湿原に沈む落日のことを書いてきた、あの隼と一緒に落日を見ることはないだろうと思った。微かな悲しみが朝子を包んだ。

「君がどんな理由で別れたのか、僕は知らない。その理由を知りたいとも思わない。ただ、これからは、今までの君の人生にも一緒に関わりあいたい」

「本当に情けないのですが、何故、離婚するのか自分でも分からないのです。きちんと説明できないのです。ただ、息苦しくて……」

朝子は正直に神元に言った。

「彼から、白紙の離婚届が送られてきました。今、彼は北海道支社にいて……、私には黙って転勤して行ってしまったのです」

「君は別れたくなかったのか。それで籍もそのままにしていたのか」

ただ、別居したかった。その先のことは考えてはいなかった。

「やはり小説を書くしかないな。小説を書いても救われるわけではないが、書くだけの意味はあると思う。文学は深いし、重い。だから、一度取りつかれたら逆に離れられないと覚悟した方がいい。賞を取るとか、有名になるとか、原稿で食べられるようになりたいとか、それが目的ではないと思うよ。それは結果だ。目的は何かと聞かれたら答えに困るけど、自分で考えるんだな。離婚することも、もしかしたら、文学への道の足しになるのかも知れない」

神元の言葉を自分は待っていたのだと思った。朝子は島のあの母親のように、何かに抵抗して生きることは出来ないと。

〈決して忘れない……せめてもの母親の抵抗だろう〉

と言った父の言葉が甦る。

〈決して忘れない〉

そんな母親たちなら書くことは出来るかも知れない。

「ベトナムの前線へ送られる兵士を見て、敗戦後も決して雨戸を開けようとしない老婆の抵抗を思い出す君は、それだけで文学をやる武器を既に内蔵しているのではないかと思った。幼い時の大切な記憶が確かに甦る。それも君の才能だと思う。羨ましい気がした。周りに文学をやりたい男も女も何人もいるけど、羨ましいと思ったことはない。だから書いてみないか。文学は教えられるものではないけれど、力にはなれると思う」

硝子戸の外が白く霞んでいた。もう夜明けかも知れない。あの少年のような兵士たちは前線へ飛び立って行くのだろうか。

九

朝子は新宿のホテルのレストランで、神元と明け方まで話して別れた。

「連絡するよ」

とタクシーに乗った朝子に神元は言ったが、それから半月経っても連絡はなかった。

朝子は佐山がいつも店を出している、高円寺北口の商店街を何度か通ってみた。が、いつ行っても佐山は店を出していなかった。朝子は佐山が何処に住んでいるのかさえ知らない。

神元と会う為、新宿へ行く時に、借りたままになっていたお金を「おおつか」へ返しに行った時も、神元の伝言はなかった。

店の奥に座っている大塚に、お金を入れた封筒を渡すと〈どうも〉と言って受け取って、朝子の顔をちらと見ただけだった。あの夜の朝子への親切は何だったのだろうと、朝子は不思議に思った。朝子の周りから、神元の影がだんだん薄くなっていく。そのことは同時に朝子を不安にさせた。でも神元へ電話をすることが出来なかった。〈出かけようとしたら、女房が喘息の発作を起こした〉と言った神元の言葉が朝子の胸を刺す。

神元と会って、一カ月近くが過ぎた頃、朝子は仕事の帰り、久しぶりに「ボア」へ寄った。神元の伝言があるかも知れないと思ったからだった。

小説を書き始めたいとは思ったが、さてどのようにして書けばいいのか、ペンを取る段階になるとまだまるで分からなかった。

早い時間だったが、「ボア」は表の看板にすでに灯が点っていた。店の入口に立った朝子に、ゆきさんは、薄暗い店の中から、ふっと笑いかけてくれた。最初に出会った頃のゆきさんの笑顔だった。豊かな頬が花が開いたように緩む。その一瞬のゆきさんの顔が朝子は好きだった。朝子は久しぶりにそのゆきさんの顔を見た気がする。客は一人も居なかった。開けたばかりなのか、店の中は埃の臭いがした。

「お元気でした？」

いつものように、入口のカウンターに座った朝子の前へ、ゆきさんは真っ直ぐに背を伸ばして立った。口ごもった朝子へ、ゆきさんは畳みかけるように言った。

「小説は進んでる？」

「いえ……、まだ、です。まだ。何も書いてないです」

「えっ、そうなの？　いつか、神元さんの奥さまがきて、言ってらしたわ。朝子さんのことを」

「えっ？　神元さんの奥さまが……」

「久代さんがいらして……、今頃、朝子さんは懸命に小説を書いてるはずだって……」

「いつですか？　いつ、そんなことを？」

朝子は詰問するように、ゆきさんを見詰めた。ゆきさんは朝子に背を向けて太めのグラスにチンザノを注いで朝子の前へ差し出した。この店へ来た最初の時と同じだ。

「いつだったかしら……、やはり、このチンザノをロックで飲んで……」

朝子が最初この店に来た時も、ゆきさんはチンザノに氷を入れて黙って出してくれた。朝子が何も注文をしない前だった。

「久代さんが此処に来た時は、もう随分飲んでいて、酔って、ふらふらしながら、カウンターの真ん中に座ったわ。丁度お客さんが誰も居なくて」

「酔って？」

「そうなの……、彼女が酔ったの初めて見たわ……、そして、すぐに言ったの、朝子さん、小説を書いてるわ……と」

「私が小説を書くことを？　奥さまが……」

「作家の女房は辛いわね、と私が言ったの。何を言いに来たか分かったから……」

「私が小説を書いてることを、奥さまが言いに来たのですか」

「多分ね。それを言いに来たのよ。実際には書いてなくても、いずれ書くことが分かってるのよね。書いてると同じなの。何処で飲んできたのか、あれだけ酔わなければ言えなかったのでしょう。何だか哀れで、私も同じような気持ちになったことが、あった気がしたわ。実際に起きることを、先取りして言ってしまう。そう言わずにはいられない気持ちが分かるわ」

あれから朝子は神元に電話をしていない。神元の方からの連絡もない。この一カ月、朝子は宙に浮いたままの、落ち着かない日々だった。

何かが動いた感じがしたのに、現実は何も変わってはいなかった。隼と別れて、高円寺へ移り住んだ理由さえ、今は定かに説明が出来ないでいる。捉えどころがない時間を朝子は過ごしていた。

「……〈朝子さんが高円寺へ移ってきたのは、貴方とのことが原因だったのね。そうでなければ、彼女が離婚して、ここへ来る理由がないわ。私は主人に、そう言ったの。彼は吃驚したような顔をしたけど、否定はしなかった〉。久代さんは私に、はっきりと言ったの」

「私が、高円寺へきたのは神元さんの所為？　離婚の原因も？……」

「それは違います」と強く言いかけて、朝子は自分の言葉を呑みこんだ。本当に違うのだろうか。

何故、神元は否定をしなかったのだろう。

「神元さんを通して、文学に近づきたかったのよ。終わった佐方では仕方ないのよね。それが、貴方は分かっているから……」

「私が？　私がですか？　神元さんと話したことはほとんどなかったし……、私が高円寺へ移ったのは、小説を書く為ではないです。そんなこと考えてもみなかったです」

否定してみたが、朝子の言葉は弱い。

朝子が新宿のホテルのレストランで、神元と会ったことはゆきさんは知らないはずだ。離婚届が隼から送られてきたことも、ゆきさんには言ってない。あの離婚届の用紙を見なければ、朝子は神元に電話はしなかったと思う。

（高円寺へ移ってきたことは、本当に神元と関係がないだろうか）と心の中で朝子は自分に問いかけてみた。

「〈追いかけてきたのね、と彼に言ったわ。清姫のように……貴方を追ってきたのよ……〉と、久代さんは、ひどくきっぱりと言って……。ねっ、そうだったのよね。朝子さんが高円寺へ来たのは、神元さんとのことがあったのよね」

何処かで糸が縺《もつ》れてしまった感じがした。

「それは、違います」

朝子は、何度も同じことを繰り返した。だが、口から出た言葉は、時間が経つにつれて朝子の胸に空虚に響いて返ってくる。

氷が溶けて、大きな厚手のグラスの中の水は薄い紫色に染まった。

「何故、貴方が高円寺へ来たのか、それもご主人と別れて……、よく分からなかったのよ。でも、久代さんが言うのを聞いて、納得したわ。この店で、神元さんとそれまでにも何度か会ってるのよ。朝子さんは……」

確かに朝子はこの店で神元に何度か会ったことがある。ただ、それだけの関係だった。隼と別れたいと思った時も、そして、その後も、神元の影は朝子の裡になかったはずだ。

郊外の集合住宅で隼と暮らした時間は、すでに遠い昔のことのように思える。息苦しくて、隼との生活を破壊してしまったのは、朝子自身だ。その時も、それから後も、隼から離婚届が送られてくるまでは、朝子の心の中に神元はほとんど存在しなかった。しなかったはずだ。

「不思議なのよね……、多分、貴方の言う通り、高円寺へ来たのは神元さんと直接には関係なかったのかも知れない。その意識は貴方にはなかったのだと思うの。でもね、事実の方が後から追いかけてくることがあるの、多分、そうだと思うわ。久代さんもそんなことを言っていたわ」

隼と結婚したばかりの頃、一緒に観た映画の中で、売れない女性の作家が狭い部屋で原稿を書いているシーンがあった。その姿が朝子に重なったと、隼は言ったことがある。小説を書くことなど、朝子が考えてもいなかった昔だ。

「もう、後戻り出来ないと思うけど、一度だけご主人と話して別れた方がいいと思うわ。何となく、貴方と神元さん、深くなると、何故か私も思ってたわ。貴方が神元さんを意識する前に。現実には何も起こってないのに……、やはり現実の方が追いついたのよ」

「主人と会って話してみます。小説を書くこと、そして、神元さんとのことがどのようになろうと、一度、会ってみます」

いつの間にか、小説を書くことと神元との関係が朝子の中でも一つになっている。

「久代さん、言ってたわよ。朝子さんはきっと主人を利用して小説を書き始めると……」

「えっ。利用なんて！　それはないです」

「どうして？　いいじゃないの……、利用できるものは何でも利用して作家になればいいじゃないの」

ゆきさんの中の凄みを見たように思った。

「……多分、小説を書きだしたら、そんなきれいごと、言ってられなくなるわ。久代さん、貴方のことばかり言ってた。また、一人女が出来た、それだけのことよ、と蓮っ葉に酔った口調で言ってたけど、そんな軽いものではないだろうと、久代さん、分かっているのよ。別れるつもりはない、と神元さんは奥さまに何度も言ったらしいわ」

「何も、始まってはいないのです。私は彼の……神元さんの恋人でも何でもありません」

「彼は、貴方とのことが始まる前に、奥さまに言ったらしいわ」

「何と？　何と言ったのですか？」

「多分、認めてほしいのでしょうね。貴方とのことを。分からないようにするのが嫌なのですって」

朝子は自分が晒しものになったような気がした。

「そんな、妻に承認される……」

「そんな夫婦なのね、何でも久代さんの許可をもらって、だから、覚悟を決めた方がいいわよ」

神元から連絡がないのは、妻とのことだったのか。妻に朝子とのことを認めさせるなんて……。今すぐにでも神元に抗議したい、と思いながら、ただ朝子は茫然とグラスの中の紫色の水を見るだけだった。朝子は自分が今までと別の世界へ足を踏み入れてしまったのだと思った。それも自分自身の手で。

「酔った久代さんを神元さん、迎えに来て、一緒に帰って行ったわ。神元さん、あまり慌てもせず」

「迎えに来た？」

「ええ、そうよ。迎えに来たわ。多分、此処だろうと思ったたって。奥さまはあまりこの店に来ないのに……。やはり貴方のことと関係あるのよね」

朝子は深い陥穽に突き落とされた思いがした。

隼から送られてきた離婚届を見て、朝子は神元に救いを求めた。その時から神元とのことは始まったと思っていたが、朝子が意識しないうちに、既に始まっていたのかも知れない。

「きっとね、朝子さんは、周りが勝手に決め付けてると思ってるかも知れない。でも、貴方が意識しないだけで、神元さんとのことも小説を書くことも必然のような気がするの。前から決まっている事実のような……、ただ、もう一度ご主人に会って話した方がいいと思う。この後、貴方がどうなるか、作家になれるか、ただの文学好きで終わるのか。それは分からないわ。その時に後悔しないように、会った方がいいわね」

一人、客が入って来たのを潮に、朝子は店を出た。

「ボア」を出て朝子はゆっくりと、駅の方へ歩いて行った。考えが纏まらない。神元の家で何かが起きている。それは朝子が原因だ。だが、朝子の力ではどうすることも出来ない。自分の周りで、何かが大きく廻り始めたのだと思った。

噴水の近くまで来た時、青く染まった噴水の水が高く上がって消えた。それは一瞬のことだった。しばらく待っても、二度と青い水は上がらなかった。あれは、朝子が垣間見た幻の水柱だったのか。朝子は自分の目を疑った。朝子がそのまま、その場に立ち竦んでいると、後ろから、男性が朝子へ声をかけた。

「確かに噴水の青い水が上がったよね」

振り向くと神元だった。

「何となく、会えるのではないかと此処で待っていた」

「「ボア」へはいらっしゃらなかったのですか」

「うん……」

神元は何か言いかけて黙った。多分、妻のことで、行きたくなかったのだろう。

「聞いただろう……、女房が酔って行ったこと」

朝子は〈仲良く二人で帰って行った〉とゆきさんの言葉を伝えかけたが止めた。伏し目がちの神元は、弱った小動物のように見えた。

「あれから、連絡があるのを待ってたんです。どうしていいか分からなくて」

それは朝子の本心だった。言葉に出すと、今まで耐えていた心細さが一挙に溢れそうになった。朝子は神元へ身体を寄せた。

「小説を書きたいのです」

あの日から、朝子は神元の連絡を毎日、待っていたのだ。朝子は小説を書くことだけを考え続けた。だが、具体的に、どうすればいいのか分からなかった。小説を書くことと神元が一つだった。神元に会いさえすれば、小説が書ける気がした。

噴水の青い水柱は、再び上がらない。

「確かに青い水が上がりましたよね。たった一度だけ……」

神元は答えず、ぼんやりと噴水を眺めている。

二人で見た青い水柱は幻などではない。現実だ。噴水の周りには、あの時も今も神元と朝子の二人しかいない。青い水柱は真っ直ぐに高く上がって、小さな光の粒になって消えていった。朝子が今から向かおうとしている文学が、一瞬の幻のように、光芒の飛沫となって消え去ってもいい、あの母を書いておきたいと思った。そうでなければ、炭塵で黒く汚れた道を、天皇の車を追いかけて行った時の、全身で何かを訴えようとしたあの母は幻でさえなくなる。雨戸を閉め切って死んで行ったあの島の母も、あの抵抗が誰の記憶の中にも残らなくなる。そうであってはならない、朝子は神元と会えない間思い続けた。この思いを神元に伝えたかった。伝えるのは神元しかいなかった。

「付き合ってくれないか……」

再び上がらない噴水に見切りをつけたように、神元は歩きだした。

神元は「啄木亭」のある商店街の坂を先になって歩いて行く。朝子は噴水に心を残しながら、神元の後を追った。

遠くで、酔った男性の声が、切れ切れに聞こえてくる。あの声は、多分、佐方先生の声だ。ゆきさんが店に出た後、家で一人で飲んでいて、今から「ボア」へ行く途中だろう。よろよろ、歩いているに違いない佐方先生の方を神元も朝子も見ないようにして坂を下った。

「おーい」

佐方先生は酔った声で、誰かを呼んでいる。神元と朝子は足を速めた。「啄木亭」は暖簾も下がっていなくて、閉まっていた。

何も書いてないままの佐方先生の原稿用紙が、朝子の胸に甦る。小説を書くということは、あのような老残を覚悟しなければならないのだろうか。

〈毎日、いつ書きだしてもいいように、机の上の原稿用紙の埃を払って、インク壺も万年筆も、その横にきちんと並べ直すの、毎日。いつだったか、原稿用紙が陽にやけないように、少し位置をずらしていると、主人が、わざとらしいことするな！　と怒ったわ。それから、主人が居ない時に、そっと机の上の掃除をするようにしてるの〉

あの日、神元が朝子に〈文学をやる武器を既に内蔵している〉と言ったのは、軽い冗談だったのかも知れない。だが、後戻りは出来ないと、朝子の心の底からの声が聞こえる。自分自身を鼓舞する声が聞こえる。あの母には、もう天皇の車を追いかけていく力はない。島の母は雨戸を閉め切ったまま死んでしまった。

〈真冬に、あのお婆さん、鯉のぼりをあげなさった。霙のような雨が降ってる日……、後で聞いたら、その日、息子さんから故郷の空を飛ぶと、秘密に知らせがきたらしいんです。あの家の真上を飛行機は飛んで行ったかどうかは分かりません。鯉のぼりを息子さん、見ることが出来たやろうか〉

畑仕事をしていたあの島の小母さんは、泥で汚れた雨戸の閉まった家の側で、父を待つ間、幼い朝子に話してくれた。

「啄木亭」を通り過ぎて、商店街が途切れた所に、小さな石橋があった。

石橋の真ん中で神元は立ち止まって、朝子を振り返った。

「此処に君を連れてきたかった」

「此処に？」

何の変哲もない石橋に見えた。下に川は流れていない。石橋は十数歩も歩けば渡りきれる小さな橋だった。神元に続いて渡り切った時、朝子の足もとで、微かな水の音がした。駅前の噴水のような、水しぶきの音ではない。周りを見回しても水の流れは見えない。

「水の音？　水の音がしませんでした？」

朝子は大発見でもしたように、神元へ言った。

「此処は暗渠だ」

「あんきょ？」

「この下を水が流れている。川が流れている」

川を渡りきると、右側に石段があった。

「川は塞がれている。でも、この下で水は流れている」

朝子は暗渠という言葉を始めて聞いた。

「暗渠」

朝子は石段の下を覗き見た。街灯で石段は白く光って見える。

急な石段の下に、二本の大きな木、そしてその木に隠れるように古い平屋の家が建っていた。

石段を下りると、神元は石段の一番下に腰を下ろした。朝子も横に並んで腰を下ろした。

「此処へ君を連れてきたかった。新宿のホテルのレストランで君が話した島のおばあさんのこと、そして、直接、君から聞いたことではないけれど、君のお母さんも、この暗渠のように、君の心の底に生きて流れ続けているのではないかと思った。君のお母さんのことは、ゆきさんに少し聞いたことがある。ゆきさんは作家の女房だからか、話の勘所を、しっかり摑む。どんなに厚く強いもので覆い隠そうとしても、大切なことが君の心の底に、今も無意識に生きて流れているのではないかと思った。家庭を捨てたのも、そのことと無縁ではないかも知れない。君に文学をやる武器が内蔵されていると思ったのは、そのことだ。文学の前では糊塗する生き方は通用しない。きっと、君は自分の心の底のものに、真摯に真向かっていかなければならなくなるだろうと思う。本当は君はそのことが分かっていたのではないか。息苦しくなったのは、糊塗して、誤魔化して生きていくことが出来なくなったからではないか……」

水の音は絶え間なく、朝子へ何かを問いかけるように聞こえてくる。分厚いコンクリートで覆われた中で、水は生きて流れている。暗渠の底に母を覆い尽くそうとしたのは、紛れもなく朝子自身だ。

そして、母を覆い隠して生きていけば、幸せになれると朝子は信じていた。

「長崎郊外の、あの島で、雨戸を閉め切ったままで死んでいったおばあさんは、ある冬の日、突然、鯉のぼりを上げて……、雨の中を鯉のぼりは下がったまま、なかなか泳がなかったそうです。が、一瞬、強い陽がさして、風が吹いて鯉のぼりは冬の空に高く舞い上がったそうです……」

冬の空高く上がった鯉のぼりを、息子さんは見ることが出来ただろうか。

川の音が大きく朝子の胸を揺さぶる。

「冬の鯉のぼり、か」

神元は小さく呟いた。

天皇の車を追いかけて朝子の前から姿を消した母も、冬の空に高く鯉のぼりを上げた、あの島の母も、暗渠の下で生きている。私の暗渠の下で生きている。死なせてはいけない。

木に覆われた家の格子戸から漏れる灯が、木を下から照らしていた。

「あっ、枇杷《びわ》の木だ！」

朝子は灯に透かして、黒々と茂った木の葉を見ながら、小さく叫んだ。

「確かに、枇杷の木よ」

朝子は東京へ来て初めて枇杷の木に出会った。

「そうなんだよね。枇杷の木だ。僕は北の生まれだから、枇杷の木を知らなかった。いつか、この木に小さな黄色の実がなってたことがあった。食べられそうにもない、小さな実が、二つ、三つ……葉の陰から見えた。あー、枇杷だ……、そして、その時、「ボア」で会った君のことを思った。君が九州の生まれだと聞いていたから、連想したのかも知れない。その頃は、君と口も利いたこともなかった。僕はいつも女連れだったし、君は結婚してると聞いてたから……」

その頃の神元を、朝子は思い出せない。

「僕は好きだったんだ。多分、あの頃から君を……、何度か、此処に一人で来て、暗渠の下の川の音を聞きながら、枇杷の木を眺める。実を見たのは一度だけで、その後は花も実も見たことがない。川の音も覆い隠されているからなお強く聞こえる。君と此処に来たかった。こうして並んで、川の音を聞きながら、枇杷の木を眺めたかった。それが、実現するなんて思ったこともなかったが……」

神元が朝子を以前から好きだと言われても、朝子には実感はなかった。

遠い昔、母は「おじゅもく」の話を朝子に密やかにしたことがあった。

母が天皇の車を追いかける少し前のことだ。

母の故郷のお城へ通じる間道の入口に二本の枇杷の木があって、花も咲かない、実も成らない。城が滅びても「おじゅもく」は朽ちないで今も立っているはずだ。朝子が赤ちゃんの頃、負ぶってその「おじゅもく」まで母は行ったことがある。丁度、小雨が降り出して、「おじゅもく」の下で二人で雨宿りをした。その話を小さな声で、朝子に囁くようにしながら、母は最後に朝子の手を握って言った。

〈「おじゅもく」を思い出すことがあるわ。貴方も私も、そこが還る所よ。離れていても、どんなに会わなくても、大丈夫よ。いつかは還れるわ。どんなことになっても、心配しないで生きてね〉

あの時の冷たい母の細い手を思い出す。〈心配しないで生きてね〉

母の囁くような声が、朝子の胸の底を突きあげて迫ってくる。

その時から、しばらくして、母は天皇の車を追って、私の前から消えた。町の人も、朝子を見ると、母のことをひそひそ、話しているような、疎外感を朝子は受け続けた。朝子が破って捨てた写真を隼は拾って送ってくれた。その写真を見ても母の話した「おじゅもく」のことは、その時は思い出さなかった。

「おじゅもく」

「おじゅもく」には花が咲き、実が成ることがあるのか、母は何も言わなかった。

不意に朝子は、母が言っていた「おじゅもく」は「お樹木」だと気がついた。水の流れる音が強く、石橋の下から朝子を押し流すように響いてくる。

「そうだ、〈おじゅもく〉は〈お樹木〉だ。母が話していたおじゅもくはお樹木だったんです。おじゅもく、おじゅもく、と呪文のように母は言ってて、何のことか分からなかったけど、やっと、今、分かったわ。お城への間道の目印に立っている二本の枇杷の木が……」

間道は秘密の道だと母が教えてくれた。

「おじゅもく、か……いい言葉だね」

上京する前、小さな公園で会った母が見せてくれたスケッチブックには、葉がない木が描かれていた。公園の周りにも、母が歩いて行った川岸にも葉のない木はなかった。朝子は幼い頃、母に背負われて、葉のない木の所まで、何度も行きたがったと言う。その記憶は朝子にはない。それは炭塵で黒く汚れた、あの町ではなく、それ以前のことだ。最後に公園で会ったあの日、母はおじゅもくのことは言わなかった。〈無事に戻れたかしら〉と言っていたのはおじゅもくへのことだろうか。

朝子はお樹木、という言葉を、今まで一度も思い出さなかったわけではなかった。時折、前後に何の脈略もなく、母が幼い朝子の手を握って「おじゅもく」と言ったその言葉を意味も分からず、思い出すことがあった。母の射るような目も同時に思い出した。

「君とのことを、久代に黙っていることが出来なくて、話した」

「私とのこと？　まだ何も始まってはいないのに……」

「そうだ、……まだ始まってはいないけど、先に言っておきたかった。久代には長い間、生活を支えてもらった。別れることは出来ない。君との話をするたびに彼女は発作を起こす。それで、連絡が出来なかった」

「奥さま、公認の愛人ですか？　この私が……私に、そうなれと……」

朝子は心の中で母を呼んだ。父に援けを求めた。隼が聞いたら何と言うだろう。あのまま、隼との生活を続けていれば、このような屈辱を受けずに済んだ。だが、今、朝子を援けてくれる人は誰もいない。

母が話したあの「おじゅもく」の側へ、今すぐ還りたいと思った。それは母の懐へ逃げ込むことだろうか。

「久代に隠れて、君とのことは出来ないよ。いつかは分かる」

朝子は言葉がなかった。理不尽だと思った。だが、神元とのことが妻の久代に分からなければよいというわけでもなかった。

枇杷の大きな葉が風に揺れている。幼い頃、母はあの葉を蒸して、朝子の浮腫《むく》んだ足に当ててくれたことがあった。ほんのりと温かで、朝子は母の膝の上でしばらくまどろんだ。幸せだった。

ふと朝子は今度こそは本当に小説が書きたいと思った。小説を書くということがどんなことか実際のところ見当もつかない。神元から、強い屈辱を受けていると、朝子は全身で感じながら、それだけに朝子は今ほど、小説を書きたいと思ったことはなかった。

「考えてくれ……、具体的に君とのことをどのようにするかは、僕にも分からない。ただ、君は小説を書くだろう。その力にはなれると思う。君も、今のまま、暗渠に覆われた川のように、大事なものを覆い隠して生きて行くことは、もう、出来ないと思う。離婚に気持ちを傾けたことも、高円寺を選んだことも、君は気持ちの奥の奥で文学がやりたかったからだと思う。君自身が気がついてないだけだ。僕も、考えてみる。君からみれば、僕たち夫婦は変に歪《いびつ》にみえるだろう。多分、文学をやることは常識からはずれることだと覚悟した方がいいよ。君は僕から言われなくても、そんなことは、とっくに分かってるはずだ。表面は何の不満もない家庭を壊したのだから……既に逸脱したのだと思う。今更、……」

神元は、今更、と言った後、少し笑った。

「僕の方は大丈夫だ。何とかやる……、考えて、電話をくれ……、いつでも構わないから……深夜でも多分、仕事して起きてる。切り替えしないで、僕が直接出るから……」

「一度、夫に会ってみます。今まで、何もそれ以上に話しあったことがないのです。白紙の離婚届が送られて来て……、どうしていいか分からなくて、でも、このままでは……」

このままでは、先へ進めないと、朝子は言おうとして、言葉を切った。今、先へ進むことがどんなことなのかが分からなかった。闇雲に別居して、時間が経つにつれ何故、隼と別居したのかさえ分からなくなっている。自分自身を納得させることが出来ないでいる。

神元も強引に朝子とのことを進める気はないようだ。朝子が電話した時の神元とは、少し違って冷静にみえた。

「別れるなら、きちんと話をして別れた方がいいと思うよ。君がもう一度彼に会って話したいと言うのなら、僕に止める権利はない。僕の方は離婚はしないのだから……、よく考えて電話をくれ。待ってる」

神元とは石段を上がった所で別れた。水の音は夜の闇を潜って聞こえてくる。

振り返ると、枇杷の木の側の家の灯が消えた。街灯が今まで神元と座っていた石段を照らしていた。

朝子は駅前まで歩いて、噴水の横の公衆電話で札幌の隼に電話をかけた。遅い時間だが夜勤ならいるはずだ。

隼は電話にすぐに出た。

「あー、元気?」

いつもと変わらぬ隼の声だった。昨日まで一緒に暮らしていたかのような同じ自然な感じだった。一瞬、朝子は沈黙した。

「……こちらはもう寒いよ」

隼には珍しく軽い感じだった。

「今、話してもいい?」

「丁度、暇なんだ。この部屋には僕しか居ないし。退屈してたところさ」

朝子からの電話を待っていたようにも聞こえる。朝子は思い切って言った。

「明日、チケットが取れたら、行ってもいい?」

隼に電話をするまでは、自分が札幌に行くと決めていたわけではなかった。隼と話がしたかった。ただ、それだけだった。神元と話していて、妻という者の存在の重さを知らされた気がした。そして、朝子は、まだ隼の妻だった。

「えっ! こちらに? どうして、急に?」

「迷惑なのは分かってるけど、一度会って話をしたいから」

〈話をしたい〉この朝子の言葉は、隼と別居する前に言うべき言葉だったに違いない。今になって遅すぎると隼から言われても仕方なかった。

「いや、迷惑じゃないよ。一度、遊びにくればいいと思ってたし、でも、誘っても君は来ないだろうと、言わなかった」

「行ってもいい？」

もし、断られたら、潔く止めようと思っていた。

「うん、丁度、明後日から休みが取れるから、来ると良いよ。多分、北海道は初めてだよね」

隼と話しているうちに、朝子の心は札幌に行く気持ちが固まった。いつになく、隼の言葉が軽く聞こえたからだった。それにつれて、朝子の気持ちも軽く弾んでいった。北への旅行も悪くない。神元のことを、少し離れて考えるいい機会かも知れないと思った。

「こちらに着くのを夕方にしてくれると、迎えに行けるよ。明日、チケットが取れたら電話をくれ。昼頃には社に出てるよ」

こんな会話を隼と暮らしていた時は、したことがなかった。

「こちらは、もう初冬だよ。寒いから上着がいるよ」

隼は、最後にもう一度「待ってるよ」と言って電話を切った。ほとんど、隼の言葉ばかりで、朝子は自分が何を言ったのかよく思い出せない。

考えてみると、隼とは旅行したことがなかった。

新婚旅行もそのうち、ゆっくり行こう、と言ったままになっていた。間もなく、二人とも、新婚旅行のことは、話題にしなくなった。それは、すぐに二人の心がちぐはぐに離れたからだろう。

隼は結婚したら、家庭を任せて職務に専念できると、結婚前も、そして後も、度々、嬉しげに朝子に言っていた。その度に、朝子は心の隅が痛んだ。隼の職務を後顧の憂いなく、全う出来るようにする為にだけ自分は結婚したわけではない、と考えることさえ、隼を裏切っている後ろめたい気持ちになった。だが、朝子自身のやるべきことは何かと自分に問うと、答えがない。事実、隼は結婚してから、記者としての仕事に邁進していった。忙しければ、忙しい程、隼は生き生きしていた。誰が、今度部長になったとか、デスクになった先輩から飲みに誘われて激励されたとか、今度の社長は社会部出身だから、僕ら、社会部は頑張らねばとか……。社内のことを最初のうちは話してくれた。朝子も隼の話を聞くたびに、自分も隼の仕事の一端を担ってでもいるような誇らしげな気持ちにもなったのは、結婚してしばらくの間だけだった。隼が念願の署名いりで、続きものを書いた頃には、結婚当初からしていた隼の記事を切り取ってスクラップブックに貼ることもしなくなっていた。

隼の署名入りの記事は、朝刊の首都版の小さな続きものだったが、その記事も読まなくなった。隼の喜びは、朝子の喜びではなくなっていた。

翌日、朝子は旅行社に勤める友人に、札幌行きのチケットを取ってもらった。夕方、五時、札幌着の航空券が取れた。同時に勤務先へ休暇の届を同僚に出してもらった。

この時間なら隼は迎えに来てくれるだろう。寒いと隼から言われていたので、秋の短いジャケットを手に持った。小旅行用の小さなバッグを持って、アパートを出た時は、久しぶりの旅気分で心が弾んだ。神元の存在も少し遠くなった。神元に今日北海道に行くことは知らせていない。

九州へ行くのと同じくらいの時間で飛行機は札幌に着いた。通路側の席に座った朝子は、窓からの景色はほとんど見なかった。朝子は、いつ頃からか通路側の席に拘るようになった。コンサートや芝居の劇場の席も、通路側を指定した。友人には軽い閉所恐怖症だと自分で笑って言っていたが、そのことを自覚したのは隼と別居する少し前からだった。朝子には、いまだに、その原因が分からない。その時と同じ頃から、部屋に電気を点けて眠るようになった。部屋に閉じ込められる夢を見るようになったのも、その頃からだった。

札幌に着くと、もう日が暮れて、遠い街の灯が点き始めていた。九州はこの時間はまだ明るい。東京も、まだ日が落ちてはいない時間だった。

出口から、少し離れた所に、隼が人の群れから離れて一人立っていた。朝子はすぐに隼の姿を認めたのだが、朝子が思っていた隼と何かが違う感じがした。

出口を出た朝子は、隼の方へは近づいていかなかった。隼の方から、朝子の姿を認めて近づいて来るだろうと、思ったわけではなかった。隼の姿を認めたのに、何故か、一歩、隼に近づけなかった。ほんの一瞬ではあったが、その時、朝子は札幌へ隼に会いに来たことを後悔した。何もかも終わった後ではないか、話をしてみても、徒労感だけが残るのではないか。

出口の人の群れが散っていった。列が途切れると、隼が朝子へ近づいてきた。慌てる風でもなく、真っ直ぐに朝子の方へ歩いて来た。カーキー色のコートを羽織っている。朝子が知らないコートだった。やはり、朝子の知っている隼と何処かが違う。

「よう、やっぱり来たね」

隼は、そう言って朝子のバッグを持った。

「このバッグ、まだ使ってるんだね」

朝子が持っている、小ぶりの革の黒いバッグは、隼がボーナスで買ってくれたものだった。東京へ行ったら、「和光」へ行きたいと言っていた朝子の言葉を忘れずに、結婚して最初のボーナスが出た日、隼と新聞社の近くで、待ち合わせをして「和光」へ行って買ってくれた。朝子が憧れていた「和光」は派手さがなく、きちんと落ち着いた感じの店だった。朝子は自分がひどく田舎者に思えたことを覚えている。

側で見た隼は、白髪がいっそう目立った。急に老けてみえた。

待たせていたタクシーへ朝子を先に乗せて、隼はコートを脱いで座った。

「いいコートね」

これと似たコートを何処かで見たことがある。

「ああ、秋が早くて、もうすぐ冬だよ。このコートね。お父さんがつい先日送ってくれた。もう、そちらはコートが要るだろうと。九州はまだ初秋だよね」

そうだ、父と同じ「丸善」のコートだ。

タクシーは街の中のホテルの前に着いた。

「このホテルを予約しておいた。此処で待ってるから、チェックインして……飯食いに行こう」

隼は一人で住んでいるはずだ。自分の部屋へ泊まるように言うのではないかと、朝子はホテルを予約しなかった。

朝子は隼との暮らしに戻りたいと、はっきり思ったわけではなかったが、部屋へ泊まるように言わなかった隼と、また距離が遠くなった。気落ちした気持ちと、ほっとした気持ちが半々だった。

隼が連れて行ってくれた、ホテルから歩いて五、六分の店は、北の魚を食べさせる、小さな小料理屋だった。

「よく、思い切って来たねー。君は旅は嫌いなんだとばかり思っていたよ。こんなに気軽に札幌まで来るとは思わなかった。考えてみると君と旅をしたことはなかったね」

「そう、一度も……、新婚旅行もしないままで……」

「そうだ、新婚旅行かないままだったね。悪いことしたな。君と結婚した直後から、急に忙しくなって……、社の連中からは、嫁さん貰ったら、俄然、張り切ってと冷やかされたりしたけど……」

「……もし、そうだとしたら、私は少しは役にたったのかしら」

そう、言った途端に朝子は後悔した。隼の仕事の役にたったことは朝子の喜びではなかったはずだ。隼が生き生きすればするほど、自分は衰退していったのだと、伝えてみたかった。あの頃の隼は、考えてもみなかったのではないか。

「今更、伝えても仕方ないのだけれど、やはり、私は何をやっていいのか分からなかった。家で何をしていいのか……、あなたは新聞記者として生き生き仕事をしている……、私は取り残されて……」

隼は黙って聞いていた。テーブルの上には、魚も酒も並んだ。朝子は自分の希望は言わなかったけれど、燗がついた日本酒が置かれていた。

「丁度、お燗がついた日本酒が飲みたかったの」

そっと料理や酒を運んで来た女性の顔を、朝子はしばらくして、初めて見た。

「おや!……」

思わず、朝子は小さく呟いた。青い着物を着た細身の女性は、酒を注ごうとして徳利を持ったまま少し下がって、朝子を正面から見た。

何処かで会った顔だ。

「……奥さま、ですね」

「あっ」

朝子は、その女性の顔を見詰めたまま、後の言葉が続かない。

「似てるだろ……」

隼は少し得意げに言った。

そうだ、何処かで会った顔、と思ったのは、朝子自身の顔だ。

「奥さまに似てる、って、仰って……ご贔屓にしていただいて……」

朝子は早紀と名乗った女性に悪い感じは持たなかった。この店の娘らしい。

この店に連れてきた隼に対しても、嫌な思いはなかった。多分、朝子に〈似てるだろう〉と自慢したかったのだろう。この娘と隼が深い仲だとは思えない。が、朝子は一挙に緊張が解けた。早紀さんは、無駄口を言わず、すぐに店の奥へ引っ込んだ。立居振る舞いが洗練されていた。都会育ちの隼が気にいったのが分かる気がした。

「食べたいものはないか？　北の魚は珍しいだろう」

佐山と「啄木亭」で凍った魚を食べた。あの時は、鯛の頭の骨を抜き取って並べていた母を思い出して泣いた。佐山は新宿に鯛を食べに連れて行くと言ってくれが、まだ行ってない。

近くで見ると、尚更のこと隼の白髪が目立つ。朝子は隼の顔をしみじみと見詰めた。

「白髪が増えただろう。何故か、急に増えて……、仕事は東京の頃より暇だし……、楽なんだけど……、何だろう、やはり水が合わないのかな」

「帰りたいのですか。東京へ……」

「帰りたいね、やはり、東京は東京さ……、それに尽きるよ」

隼はこちらでの仕事の話はほとんどしなかった。

食事をした後、朝子が泊まるホテルのラウンジに席を移した。窓際の席から、街が見下ろせる。ネオンや灯が暗い空の下で煌めいている。東京と同じくらいに大きな都会に見えた。関東と同じように街を取り囲む山々は見えない。

「いつか、お手紙にあの町で何があったのだ、と書いてくださった。覚えていらっしゃるかしら？　写真の町で……」

「勿論、覚えているよ。あの町で何があったのだと書いたよ、忘れるはずがない。僕は筑豊の勤務は短い間だったが、あの町は戦後すぐの筑豊の町ではないかと思った。あの写真を見た時、自分は君の表面しか見てなかったんだ、と、何だか分からないけど、その瞬間に思った」

「私が破いて捨てた写真が入っていたわ。あれはあなたの推察通り、筑豊の町……。戦後すぐの。そして千切れた写真の指は母の指……、私の手をしっかり摑んでる。私は母の手を振り払って生きてきた……あなたとの結婚もそう……」

神元と二人で聴いた暗渠の下の水の音が甦る。

下に見える大通りの街路樹の葉が大きく風に揺れている。

「あの母を隠して、生きていけると思っていた。あなたと結婚をして、普通の暮らしをして幸せになれると思っていた。母が行幸の天皇の車を追いかけて、警察に捕まって、そのまま私の前から居なくなったの。母の故郷で生きていたわ。上京する前、母が暮らす町の公園で会って……、そして別れて……、もう会うこともないと思うけど……、あの母を覆い隠して生きて行くことは出来ない……あの母を書かなければ、命懸けで天皇の車を追った母にすまない。母はあの時、一生を生きたのだと、最近になってようやく分かったの。あの、炭塵で汚れた黒い道を天皇を追いかけて、それが母の一生だったんだと今になって分かった」

「君は昔から、文学をやりたかったんだと思うよ。君が気がついてなかっただけで……、自分の本心なんて、案外、自分では分からないものだ。僕と結婚してるか、別れて暮らすかは、多分、小さなことだと……」

「母が命をかけたような生き方は出来ないけど、あの母を書くことは出来ると思う。あの時、あの母が天皇に何を言いたかったのか。それきり、母は故郷で私とも、父とも離れて暮らして……、それが条件で警察沙汰にならないで済んだらしいのだけど、多分、母は、後悔はしてないと思う。ただ、もう何も覚えてないらしい。記憶も消されたと」

この話を隼と暮らしていた間にしていたら、自分たちはあるいはこんなふうにはならなかったかもと朝子は眼下に広がる街の灯を見ながら、一瞬思った。

「やはり来てもらって良かった。初めて、君と本当の話が出来たような気がする」

「高円寺へ行ったのも、やはり文学の磁力なのかも……、あのまま、無気力にあなたと暮らしていたら、多分、母のことも覆い隠したままだった気がする。書いて、そして、書けなくなって、落魄の老残を晒すことになっても、母が話してくれた、故郷のおじゅもくの枇杷の木の所へ還るわ。いつか母も必ず還ると言っていたから。そこで母に会えると思う」

「おじゅもく？」

「そうなの。お樹木。故郷のお城の間道の入口にあるのですって、お城は滅びて、何百年にもなるけど、お樹木は生きてる。二本立っているおじゅもくは母と私と思うことにするわ。母が呪文のように言っていたおじゅもくを思い出して、少しほっした……いつかは母と一緒になれると……私には還る所があるのだと」

「……きっとお母さんを取り戻そうとしたんだね……、僕は役にたたなかった。でも、僕との離婚がそこに繋がったのなら……」

(離婚がそこに繋がったのなら、隼は本望と言いたかったのか)

離婚しなければ、多分隼とは母の話をすることもなかっただろう。

母が話したおじゅもくのことも思い出すことがなかっただろうと思った。

明日の午前の便で帰京すると言った朝子を、隼は引き止めなかった。

眼下に煌めく北の街の灯と、大きく風に揺れる街路樹の葉を見ながら、隼と遅くまで話して、そこで別れた。

離婚届のことは最後まで、二人とも言いださなかった。

前半部を「すとろんぼり」第9号（二〇一〇年十一月）～第12号（二〇一二年十月）に、後半部を「イリプス　Ⅱnd」No.13（二〇一四年五月）～No.17（二〇一五年十一月）に連載

装丁　高林昭太

あとがき

東京から「小倉」へ移り住んで数年間、私は「小倉」が浦上の前の原爆投下予定地であることを知らなかった。しばらく文学から離れたいと思って小倉へ来た。今まで書いた小説のテーマは浦上原爆後の私の家族だった。

「小倉」が原爆投下予定地と知ったときは強い衝撃を受けた。

長い空白の後、再び小説を書き始めたのは「小倉」という土地に住んだことと無縁ではないと思う。

「高円寺へ」は文学へ向かう私を振り返りながら書いた。書いたことで「小倉」へ誘われた自分を納得させることが出来たわけではなかったが、そのままに受け入れることが出来たように思う。

「イリプス」連載時から本にまとめるまで倉橋健一先生には力強いお力添えをいただいた。

前著『樹滴』と同様、深夜叢書の齋藤愼爾さん、髙林昭太さんに一方ならぬお世話になった。合わせて深く感謝の気持ちをお伝えしたい。ありがとうございました。

後藤みな子

後藤みな子 ごとう・みなこ

一九三六（昭和十一）年十月二十八日、長崎生まれ。活水女子短大英文科卒。一九四五年、父の出征中、母と福岡に疎開していたが、母は原爆投下直後の長崎へ勤労動員中の兄を捜しに行き、その死をみとり精神を病むことになる。上京後、出版社勤務のかたわら同人誌「層」に参加、作品を発表しはじめる。一九七一年、被爆体験から抜け出ることのできない人々の姿を描いた「刻を曳く」（第八回文藝賞受賞、第六十六回芥川賞候補作）で注目される。同時期の作品に「三本の釘の重さ」（第六十七回芥川賞候補作）「炭塵のふる町」（『コレクション戦争と文学19 ヒロシマ・ナガサキ』二〇一一年、集英社刊に収録）など。一九七四年、北九州への転居と同時に小説執筆を中断。三十年を超える沈黙ののち二〇〇六年から執筆を再開し、四年にわたって書き続けた連作「樹滴」は、二〇一二年に単行本化（『樹滴』深夜叢書社）され、大きな反響を呼んだ。

高円寺へ

二〇二一年十月二十二日　初版発行

著　者　後藤みな子
発行者　齋藤愼爾
発行所　深夜叢書社
郵便番号一三四—〇〇八七
東京都江戸川区清新町一—一—三四—六〇一
info@shinyasosho.com

印刷・製本　株式会社東京印書館

ISBN978-4-88032-467-8 C0093